彼方のアイドル

奥田亜希子

双葉文庫

彼方のアイドル

目次
Contents

理想のいれもの

口をつけたときにはなにも感じなかった。普段通りに手首を傾け、揺らめく泡ごと食道の奥へ流し込んでいく。喉が波打ち、ごきゅりごきゅりと力強い音が鳴った。身体の中に巣くった鬱屈を、炭酸水は一息に蹴散らしていく。

この一ヶ月、志摩《しま》の生活でもっとも幸福なひとときだった。二酸化炭素が溶けただけの炭酸水は、調味されていないことが信じられないほどくっきりとした味わいを伴って、喉を流れ落ちる。粘膜を刺激する泡と、鼻から抜ける爽やかな空気。快さに脳裏が明滅するようだ。一気に飲み干して目をつむり、唇からグラスを離した。

そのときだった。圧迫感のある臭いが鼻先を襲った。

シンクのへりを摑み、志摩は堪《たま》らず口に残っていた炭酸水を吐き出した。その動きにつられ、胃が裏返りそうにうごめいたが、なんとか嘔吐せずに済んだ。はあはあ、と荒い息が漏れる。

「なにこれ」

呆然とグラスを見つめた。この琉球ガラスのグラスは、去年の夏、新婚旅行で沖縄に行った際に買った。澄んだ水色に青と白の粒がちりばめられ、南国の海をそのまま固めたような風合いだ。東京に帰ってすぐに使いたいからと配送はせず、衣類で何重にも箱を包み、スーツケースで持って帰ってきた。以来、普段使いに重宝している。冷たいものを飲みたいときに、まず手が伸びる。そういうグラスだった。

昨日もこれに注《つ》ぎ、炭酸水を飲んだはず。が、なにも感じなかった。一昨日《おととい》もその前も、おかしなところはなにもなかった。志摩ははっとし、食器棚からとっかえひっかえグラスを出しては鼻を近づけた。やっぱり。嘔吐《えず》きをもよおしそうなことに、目の前が暗くなる。

ガラスに味がある。臭いがする。

おまえもかと手荒く食器棚を閉め、リビングに駆け込んだ。冷え防止に履いていたフリースの靴下で、危うく滑りそうになる。ソファに身を横たえ、膝掛けを顔に当てておいおい泣いた。妊娠が判明して二ヶ月、あらゆるものが自分を裏切っていく。大好きだった柔軟剤の香りは苦痛の種に、気に入っていたニットの襟ぐりは肌の敵になった。中でもことごとく反旗を翻《ひるがえ》したのが食べものだ。チーズや納豆や香辛料や、匂いの強いものがまずだめになり、続いて肉や魚を受けつけなくなった。それでも滅多に吐かないぶん、特別重症というわけではないらしい。そんな志摩が唯一積極的に摂取できるのが、炭酸水だった。

昇《のぼる》が夜八時に帰ってくるまで、志摩はソファに横たわっていた。志摩のつわりは昼過ぎからひどくなる。気を紛らわせるためにテレビは点けていたものの、映像は網膜の上でなんの形も結ばなかった。交通事故のニュースもバラエティ番組ではしゃぐ芸能人の笑い声も、すべてが遠く感じられた。

「ただいま」

ぱたぱたとスリッパの音がしても、志摩は身体を起こさなかった。

「具合はどう？」

心配そうでありながら、どことなく呑気な昇の声。ビニールのこすれる音がするのは、スーパーマーケットで買ってきた商品を袋から出しているからだろう。夕食が用意されていないことを分かっている昇は、毎晩自分のぶんの惣菜を買ってくる。具合がよければとっくに起き上がってるっつーの、無意味な質問ぶっこいてんじゃねえぞ。頭に浮かんだ言葉は、しかし声にはならなかった。嘔吐感に苛《さいな》まれている身で口にするには長すぎ、また、昇にそんな物言いはできなかった。

「……辛い」

三音で気持ちをまとめた。

「来週、本当に大丈夫か？」

「たぶん」

「早く治まるといいよな。今日会った取引先の人の奥さんは、安定期に入った途端にぴたっと止まったって言ってたけど」

昇はキッチンのシンクで手洗いとうがいを始めた。いくら洗面所でやってほしいと言っても、次の日には忘れている。万事において緊張感が足りないのは、妻が臥《ふ》せている理由が妊娠だからだろう。つわりは病気ではない。かかりつけの産婦人科医もそう言っていた。

「その人の上司の奥さんは、つわりがひどくて入院までしたらしい。吐き気で一日中トイレから出られなくて、体重もどんどん落ちちゃってさ。そうなると大変だよなあ」

短い電子音がして、昇が電子レンジを開ける音が聞こえた。リビングにまで流れ込んでくる卵とだしの匂い。親子丼は食べられないよな？　と尋ねる昇に、無理、と答えながら、いい夫なのだと志摩は思った。午後はほぼ寝たきりの妻に文句ひとつ言わない。

初めて恋人ができた十三歳から二十代後半まで、志摩は顔が広く流行に敏感な男に散々っぱら振り回されてきた。七歳年上、男子校と工業大学出身、釣りと登山が趣味の高木《たかぎ》昇と出会ったとき、この人と一緒にいればもう大丈夫だと思った。どっしりとした優しさに包まれるたび、自分の判断は正しかったと感じられた。

「志摩、炭酸水なら飲める？　入れようか？」

「いらない」

志摩はかすれ声で答えてから、

「ガラスの臭いが、だめになっちゃった。グラスで飲むと、吐きそうになる」

と、切れぎれに付け足した。

「えっ、ガラスに臭いなんてあるか？」

「ある。というか、あったみたい」

「そういえば、うちにはグラスしかないな。プラスチック製なら平気？」

「分からない」

「とりあえず、明日プラスチック製のコップを買って帰るよ。あ、せっかくだし、子どもが大きくなってからも使えるようなものにしようか。動物のイラストとかが入った可愛いやつ」

デザインはなんでもいいから、くれぐれも容量が小さいのは買ってきてくれるなよ、私はそれで炭酸水がごくごく飲みたいんじゃい。その思いは、やはり言葉にならなかった。志摩は目眩《めまい》を堪え、クッションを抱き直した。と、足のあたりの座面がたわんだ。昇がソファに腰を下ろしたようだ。昇のがたいのよさを受け、ソファは大きく凹《へこ》む。汗と親子丼と防虫剤と人混みと、さまざまに入り混じった臭いが鼻先に押し迫り、志摩は思わず顔をしかめた。

「ごめんね。家のこととか、あんまりできなくて」

心の中で吐《つ》いた悪態は反射的な反応だったとはいえ、さすがに昇に対して申し訳ない気持ちが込み上げていた。志摩の言葉に、昇はしみじみと優しい声で言った。

「いいんだよ。俺のことは気にしないで。志摩は今、自分の身体で赤ん坊を守ってるんだから」

「昇さん」

「志摩は妊婦なんだよ」

最近の昇の口癖である。本当に、いい夫なのだ。礼を言わなければと思うが、しかし、その五音もまた喉に絡まって出てこなかった。クッションに顔を当て、志摩はかすかに顎を引いた。数時間前に飲んだ炭酸水が胃の中で揺れた気がした。

ドロップだよ、と嘘を吐き、おはじきを食べさせたことがあった。

あれは確か自分が七歳で、良太郎《りょうたろう》が四歳の冬休みだった。窓は結露でぐっしょりと濡れ、ストーブの上ではやかんがしゅんしゅんと湯気を噴いていた。その音を思い出した途端、志摩はあの日の記憶が隅々までよみがえるのを感じた。父親は仕事、母親は買いものに出かけていて留守だった。祖母は自室で長唄の練習をしていた。それをいいことに志摩は肩までこたつに潜り、テレビを観ていた。その脇で良太郎が興じていたのが、おはじき遊びだった。

ふとテレビから視線を外したとき、おはじきを窓にかざす良太郎が目に入った。親指

と人差し指で赤いおはじきを挟み、とろけそうな表情を浮かべている。退屈していた志摩はついからかいたくなり、

「良、おはじきって、ドロップからできてるんだよ」

　と声をかけた。

「そうなの？」

「ずーっと舐めてると、甘くなってくるんだって」

　良太郎は素直に目を輝かせた。何度姉に騙されても一向に懲《こ》りない。馬鹿な奴、と呆れたとき、近所に住む友だちが志摩を誘いにやって来た。お年玉で買った着せ替え人形で遊ばせてくれると言う。志摩は行くと即答し、祖母に見つからないよう家を出た。

　友だちの家で夕暮れまで遊び、身体の芯から温まるような満足感に包まれて帰宅した。玄関で靴を脱いでいると母親が飛び出してきて、なにも言わずに志摩の頬を軽く張った。無断で遊びに行ったことを怒っているのかと思いきや、

「あんた、良太郎にまた変な嘘吐いて」

　と、母親は眉をつり上げた。

「おはじきを舐めてたらドロップになるって言ったんだって？　良太郎の口がもごもご動いているからなにかと思えば……。一歩間違えたら大事故になってたんだからね」

「そんなの冗談に決まってるじゃん。本気にするなんて思わなかったんだもん」

「良太郎はまだ小さいから、冗談かどうかなんて分からないの。志摩はお姉ちゃんでしょう。どうしてもっと弟に優しくできないの」

廊下の先、リビングのドアの隙間から良太郎が顔を覗かせていた。泣きそうに眉をひそめている。お姉ちゃんごめんね、としゃくり上げる声が今にも聞こえてきそうだ。その弱々しい表情にかっとなった。ざまあみろと、母親に見えないよう舌を出されたほうが百倍ましだ。男のくせに。志摩は良太郎をきっと睨みつけた。

「志摩っ」

母親の怒声に身体が撥《は》ねた。一拍置き、その声が幻であることに気づく。窓の景色がゆっくりと後退していた。車がじりじりと駐車スペースへ収められていく。駅からの二十分間でうたた寝をしていたようだ。志摩は凝り固まった首を回した。あの日、おはじきを口に含んだのは良太郎のはずが、舌の上にガラス玉を転がしたような感触が残っている。鞄からミネラルウォーターを出し、一口飲んだ。

着いたよ、と良太郎がエンジンを切った。つい数分前まで四歳の彼を夢に見ていたからか、二十八歳の今の姿が青年を通り越して中年に思える。あどけなさは完璧に消え、きめの粗《あら》い肌と髭剃りの跡が生々しい。

「良太郎くん、どうもありがとう」

隣の後部座席から昇が声をかけた。

「気にしないでください。このへんに住んでると、駅までの送迎は当たり前なんで」

「ねえ、良。加寿代《かずよ》叔母さんのところも来るんだっけ？」

「叔母さんだけね。叔父さんと、雄《ゆう》くんと華奈《かな》ちゃんのところは来ないって」

「そうなの？　まあ、京都から来るのは大変か」

「義則《よしのり》伯父さんのところも夫婦二人だって聞いたけど」

「ああ、弓絵《ゆみえ》ちゃん、塾の先生だもんね。今の時期は忙しいか。ということは、孫は私たちだけだね」

「そうなるね」

良太郎はトランクから志摩のボストンバッグを出すと、そのまま家に運んだ。幼いころに叩き込んだ主従関係は健在のようだ。志摩と昇も良太郎に続いて玄関に入る。半年ぶりの実家の空気を懐かしむ間もなく母親が現れ、

「志摩、おかえり。昇さん、いらっしゃい」

「どうもお邪魔します」

爽やかに会釈する昇に母親は笑顔を惜しまない。年功序列制度がしぶとく残る、老舗の鋼鉄メーカーに勤めている昇は、年上の前で自然と後輩のように振る舞える。結果、中高年からひどく好かれた。実家に初めて連れて行ったとき、まさか志摩がこんなにま

ともな男の人を選ぶとは思わなかったと、父親も母親も驚いていた。

どうぞ上がって、と母親が腰を屈《かが》めてスリッパを揃える。その拍子に母親の視線は三和土《たたき》へと伸び、志摩の足もとで止まった。

「あんた、なにその靴」

「黒のパンプスだけど。だって今日、喪服でしょ?」

志摩の答えに母親は眉をひそめた。

「そうだけど、妊婦にヒールは御法度《ごはっと》でしょうが」

「ヒールっていったって、たかが三センチだよ? それに、私はヒールのある靴に慣れてるから、ぺたんこだと逆に転びそうになるの」

「だめだめ。私のを貸してあげるから、それで行きなさい。サイズ、変わってないよね?」

「じゃあお母さんはどうするの」

「志摩のを貸してくれればいいでしょう。交換するの、こ、う、か、ん。万が一のことがあったらどうするの」

今日は母方の祖母の三回忌だった。体調が悪いなら無理しなくてもいいと言われたが、生まれてから十八歳でこの家を出るまで一緒に暮らした祖母である。体調がもっともましな早朝を選び、昇と共に、ここ千葉県の外房へ向かう電車に乗った。

父親と母親は三回忌の準備に追われていたが、志摩と昇は喪服に着替えるとやることがなくなった。手伝いを申し出ても、妊婦と客はなにもしなくていいと断られる。リビングのこたつにあたり、ぼうっと庭を眺めた。一月の下旬、ろくに手入れのされていない芝は枯れ、植木も伸び放題だ。塗装の剝げた物干し竿に洗濯ものが揺れている。

同じく喪服に着替えた良太郎が、どうも、と志摩たちの正面に腰を下ろした。寒そうに肩をすくめたまま、天板《てんばん》の上のみかんに手を伸ばし、

「食べる?」

「いらない」

「俺は一個もらおうかな」

昇は良太郎からみかんを受け取った。

「それよりあんた、仕事はどうなの?」

「まあ、ぼちぼちです」

皮を剝きつつ良太郎は答えた。良太郎はスマートフォンのゲームアプリに関わる仕事をしている、らしい。志摩にはとんと理解できない分野だった。中学に入ったあたりから、良太郎はゲームやアニメに熱を上げるようになった。ある日、良太郎の部屋に可愛い女の子のフォトポスターが貼られていることに気づき、やっと思春期の少年らしく生身の芸能人に興味を持ったかと思えば、その人は声優だと聞かされ、がっくりした覚え

がある。

高校卒業後、良太郎はゲームやアニメの専門学校へと進学した。そこを卒業し、就職したのちも実家で暮らしている。普段はもっぱら自室で仕事をしており、打ち合わせのときだけ東京へ出かけているそうだ。

「彼女できた?」

「姉ちゃん、よくも懲りずに毎回同じ質問ができるね」

「でもほら、オタクはオタク同士で付き合ったりするんでしょ? 東京だと、それっぽいカップルをよく見るよ。ねえ、昇さん」

「そういうの、俺はよく分かんないな」

「姉ちゃんはオタクオタクって言うけどさ、今はオタクと一般人の境目ってあんまりはっきりしてないんだよ。アニメは年々注目度が上がってるし、隠れオタクも多いしね」

喋りながら良太郎はみかんの筋を丁寧に取り除いた。最近もオタクにファンが多いアニメスタジオが映画を作ってそれが全国的に大ヒットしてね、と早口で語り始めたため、志摩は面倒になり聴覚の回路をオフにした。昇だけが律儀に相槌を打っていた。

三回忌は十一時から予定通りに家で行われた。眼鏡をかけた若い坊主がやって来て、神妙な調子でお経を読み上げていく。それを聞くともなしに聞きながら、志摩は祖母のことを思い出していた。口うるさく厳しい人だった。特に中学のころは散々ぶつかった。

学校から呼び出しの連絡があると、共働きの親に代わってやって来るのは決まって祖母だった。そして、床に髪がつきそうなほど深々と教師に頭を下げるのだった。

法要が終わり、全員で駅前の寿司屋に移動した。母親の兄妹もその配偶者も皆酒好きなため、大変なにぎわいとなった。昇は周囲からさんざん酒を注がれ、志摩は妊娠を祝われた。私のときは、うちの娘のときは、誰々さんの家のあの子は、と誰もが身の回りの妊娠や出産話を披露したがる。妊娠四ヶ月の志摩にはそれが不思議だった。

「いやあ、やっぱりお母さんになると顔つきが変わるね」

会の終盤、そう発言したのは義則伯父だった。かなり酒が回っているらしく、赤ら顔で、法要のあいだはぴっちりと撫でつけられていた頭髪も乱れている。よく磨かれた木製の座卓に肘をつき、

「あのギャルだった志摩ちゃんも、ついにお母さんか」

「ギャルじゃないよ。中学生のとき、ちょっとスカートを短くしてただけだってば」

志摩は即座に否定した。仲間と遊ぶことに命を懸けていたのは間違いないが、この場では絶対に同意できない。聞こえていませんようにと志摩は隣を盗み見た。だが願いも虚しく、昇は面白い話題を耳にしたというように、

「志摩は中学生のときの写真を絶対に見せてくれないんですよ」

「だってそれは……恥ずかしいよ。子どものころの写真なんて」

「志摩ちゃん、髪を金色に染めてたんだよな」

「え、見たいなあ、そのときの写真」

「ちょっと伯父さん、やめてよ。金髪じゃなくて茶髪だから」

「そうだっけ?」

「そうだよ」

焦りから志摩は、目に留まった中トロの握りをとっさに口に運んだ。魚の匂いが口いっぱいに広がり、脂の風味に胃が反応する。おしぼりで口を押さえた。一瞬、つわりのことを忘れていた。少しずつ咀嚼《そしゃく》し、飲み込んでいく。トロを味わう余裕はもちろんなかった。義則伯父は嬉しそうに口を押さえる仕草を真似た。

「ほら、こういうところも。全体の雰囲気がぐっと柔らかくなったんだよなあ」

「じゃあ女の子かもしれないよ」

加寿代叔母は頬を紅潮させ、お姉ちゃん、女の子の孫はいいわよお、と母親の肩をばんばん叩いた。加寿代叔母には今年で五歳になる孫娘がいる。

「女の子はいつまでも一緒に出かけてくれるっていうから」

「そんなの、女の子でも男の子でもどっちでもいいよ。ねえ、お父さん」

「ああ、元気に生まれてきてくれれば充分だ」

母親と父親は揃って目尻を下げた。加寿代叔母の視線が昇に移る。

「昇さんは、男の子がいいとかあるの？」

「僕も元気に生まれてきてくれれば、性別はどちらでも」

昇もにこやかに言った。義則伯父が話をまとめるように重々しく頷く。

「志摩ちゃん、とにかく今は身体を大事にな。お腹に赤ちゃんがいるんだから、たくさん食べないと。今の子は太りたくないから、妊娠中もあまり食べないって聞いたことがあるぞ。だから胎児がなかなか大きく育たないんだと」

トロが引き金となった話題に、志摩はもはや相槌を打つ気力も失っていた。やっとの思いですべて飲み下し、水を飲む。さっきトイレに立った際に、プラスチック製のコップに入れたものを店員に頼んであった。プラスチック製であれば問題ないことは、先日昇が買ってきたコップで証明済みだ。磁器や陶器も平気で、ガラスとアルミのみ、臭いと味を感じ取ってしまう。

「太りたくないって、なにそれ。自分のことしか考えてないじゃない。お母さんになったんだから、お腹の赤ちゃんが最優先でしょう」

「妊婦のころからそんなに自己中心的で、子育てなんてできないよねえ」

「臨月ぎりぎりまで遊び回っている人もいるらしいよ。仕事ならともかく、お腹の子どもに負担をかけてまで遊びたいって、どういう了見なんだか」

「要は自分に甘いの。自分を甘やかしてるの」

母親と加寿代叔母は顔を見合わせ、盛んに頷いている。妊娠を機に世界は変わった。大の大人である自分をみんなが心配し、助言をくれる人がいたるところに存在する。マタニティマークを身につけているだけで見ず知らずの人から労《いたわ》られ、日本の社会に貢献していると褒められることすらあった。疎《うと》ましがられるときもなくはないが、敵よりも味方の増加率のほうが圧倒的に高い。志摩はそう感じている。

でも、その世界に自分がいないような気がするのはなぜだろう。

法要のあったその日のうちに昇は東京へ戻り、志摩一人が千葉に残った。実家にはついでに二週間ほど滞在する予定だった。大学卒業後に就職したアパレルメーカーは結婚を機に辞めていた。すぐに自宅に戻らなければならない理由はなにもなかった。

こたつに足を突っ込み、リビングの天井をぼんやりと眺める。まだ昼前のため、体調はまずまずだ。だが、実家にいると思うとなにもする気が起きない。父親と母親は仕事、良太郎も打ち合わせで、家には志摩しかいなかった。テレビはワイドショーを流している。エアコンと加湿器の稼働音がそこに重なる。

「暇だあ」

家事をやらずとも罪悪感を覚えない環境は気が楽だったが、四日も経つと倦《う》んだ気分のほうが強くなっていた。元来じっとしているのが苦手な性格である。年々継《つ》ぎ目がくっきりしてきた天井のクロスを眺めながら、漫画でも読むかと志摩は身体を起こした。

リビングの上は良太郎の部屋だ。今日は夜まで帰らないと聞いていた。

良太郎のものは自分のもの、自分のものは自分のもの。それが姉弟間の不文律だ。志摩は堂々とドアを開けた。室内は予想を遥かに超えて、本やCDやゲームで埋まっていた。天井に届くほどの本棚が壁一面に設置されていながら、まったく収まっていない。一冊くらいは自分でも楽しめる漫画があるだろうと考えていたが、あまりの量に目が回りそうになった。

とりあえず一番近くの本棚へと足を踏み出した。なにかがつま先に触れ、床からそびえていたCDの塔がバランスを崩す。急いで手を伸ばしたが間に合わなかった。耳が痺れるような音が辺りに響いた。志摩はため息を吐き、床に散らばったCDを拾い集めた。アニメのサウンドトラックだろうか、アニメイラストのジャケットばかりが目につく。と、茶髪でやんちゃそうな男の絵が入った一枚に手が触れた。口元にいたずらっぽい笑みを浮かべてこちらを見ている。タイトルは『ホゴカレ！　過保護カレシが貴女を甘やかすCD　隼斗《はやと》編』。

「なにこれ」

この手の文化に詳しくない志摩でも、これが女性向けに制作されたものだということはすぐに分かった。はっとして、隣のCDの塔に目を移す。『ビタミンボーイズ　Aの場合』『ラストワンマイル　宅配便男子との恋』『俺様執事のお仕事日誌』。本棚も確認した。少年漫画や青年漫画に交じり、少女漫画や男同士の恋愛ものまで並んでいる。しかも、決して少なくない数だ。志摩は部屋を飛び出した。良太郎は実は男が好きだった？　混乱した頭で考える。忘れよう、自分はなにも見なかった。しかし、階段の手前まで来たところで、先ほどのタイトルが脳裏に瞬《また》いた。

貴女を甘やかす。

志摩は心がうずくのを感じた。ジャケットにあった、茶髪で気の強そうな男の顔がよみがえる。細い目に浮かぶ生意気そうな光。格好よかった。正直、好みのタイプだ。志摩はそそくさと良太郎の部屋に戻り、『ホゴカレ！』のケースを手に取った。その足で自室に移動し、クローゼットの奥からポータブルCDプレイヤーを引っ張り出す。大丈夫、まだ動きそうだ。

リビングで電池を交換したのち、こたつに寝転び、再生ボタンを押した。一秒が経ち、二秒が過ぎ、街の喧騒が流れ始める。遠くで響いているのは踏切の音か。すぐ近くで誰かの足音が鳴っている。そこへ、おーい、と男の呼び声が重なった。焦りながらも少しぶっきらぼうな声音《こわね》に、これが隼斗だろうと思った。

「おい、待てってば」

隼斗の声は徐々に大きくなった。本当にこちらに向かって走ってきているようだ。はあはあと荒い息づかいまで聞こえ、志摩は思わず赤面した。

「隼斗だ、じゃねえよ。見間違いかなと思ったけど、あのぼんやりした後ろ姿は絶対おまえだし……。仕事帰りなの？　今日はえらく早いんだな。この時間に終わったなら連絡しろよな。そしたら俺、会社の近くまで行ったのにさ」

短い沈黙が流れる。

「大学の授業なんて、一回くらい休んでも大丈夫だって。俺、普段はこれでも真面目に出席してんだぜ？」

女の声が聞こえなかった。しかし構わず隼斗は喋り続ける。不具合かと志摩が訝《いぶか》しむあいだにも、

「って、どうしたの？　元気ないじゃん。なにかあった？」

と隼斗が尋ね、もう一度沈黙が落ちた。

「嘘言うなよ。そりゃあさ、おまえの彼氏になってからは一年しか経ってないけど、俺たち幼馴染みなんだからな。おまえのことならなんでもお見通しだっつーの」

志摩は唐突に理解した。隼斗の言うおまえは、私だ。全身が粟立った。このCDは、隼斗と恋人のやり取りを聞いて楽しむものではない。隼斗が甘やかす貴女とは、CDを聴いている自分のことなのだ。沈黙は、自分が隼斗と喋っている間《ま》だった――。

「それとも、大学生の俺には仕事の悩みは話せない？」

拗《す》ねたような甘い声に、志摩は顔を手のひらで覆った。恋愛を疑似体験するゲームが存在することは知っていた。現実世界では恋愛できない人間のためのもの。そんなふうに捉えていた。このCDも、おそらくその一種だろう。しかし、自分を心底案じているような隼斗に、志摩は時空が歪《ゆが》むのを感じた。この子は幼馴染みであり、恋人。その状況がすとんと腑に落ちた。

隼斗の台詞でさりげなく設定や状況は伝えられ、話は進んでいく。どういう仕組みなのか、声は右から聞こえたり左から聞こえたり、遠ざかったり近づいたりした。相手の位置が声で分かるのだ。ものすごい臨場感だった。じゃあ俺に元気づけさせてよ、と耳元で囁かれたときは、心の中でぎゃーと叫んだ。

隼斗に連れられ電車に乗った。何度訊いても彼は行き先を教えてくれない。やがて辿り着いたのは、海沿いに広がる巨大なテーマパークだった。華やかなBGMが流れ始める。俺がこういうところ苦手だから、おまえ、来たいって言い出せなかったんだろ?志摩の頭の中で、隼斗は眉毛を情けなく八の字にした。CDジャケットの笑顔しか知らなかったはずの彼が、いつの間にか自在に表情を変化させている。隼斗、と志摩は胸のうちで叫んだ。

テーマパークのキャラクターの耳をお揃いで着け、二人は手を繋いで園内を巡った。寒くないか喉は渇いていないか腹は減っていないかと、隼斗は終始志摩を気にかけた。

今日は俺が誘ったからと料金はすべて彼が払い、志摩が土産物屋でいいなと見つめていたらしいブレスレットを内緒で購入して驚かせた。人にぶつからないよう転ばないよう、隼斗は何度も何度も注意を促した。

「おい、お母さんみたいって言うなよ。おまえが危なっかしいから、いちいち声をかけてやってんだろ」

志摩はつい口元を綻《ほころ》ばせた。その途端、笑うなよ、と叱られた。

並んで夜のパレードを観た。音楽に掻き消されないよう、至近距離で交わされる会話にどきどきした。きれいだ、と隼斗がふいに呟く。イルミネーションで飾られたフロート車のことかと思い、志摩がそうだねと答えると、パレードのことじゃねえよ、いやパレードもきれいだけど、と焦った声が返ってきた。

パレードが終わって帰り道、混雑する電車でほかの乗客から志摩を守りながら、

「おまえは本当によく頑張ってるよ」

と、隼斗は今までになく真面目な調子で言った。そんなことない、と志摩は首を横に振った。

「頑張ってるよ。俺が言うんだから間違いない。昔っから強がりで、頑張り屋で、文句も愚痴も言わないし、そういうところ、すっげえ好きだよ。でも」

電車の揺れる音が鼓膜を優しく揺すぶる。

「ときどきは俺のことも頼ってもらいたい。頼りないかもしれないけど、俺はなにがあってもおまえの味方だから。おまえが大切なんだ。だからたまには今日みたいに甘えてほしい」

「うん」

隼斗への返事を初めて声に乗せた。胸の内側にじんと熱がこもる。CDが静止したあともしばらくイヤホンを外せなかった。気持ちが落ち着いてから、志摩は再度良太郎の部屋に侵入した。隼斗のCDと似た雰囲気のものを探し、発見したうちの何枚かを自室のクローゼットに移す。東京へ帰るまでにはこっそり返しておくつもりだった。あれほど物に溢れた部屋だ、たぶん気づかれないだろう。

昂《たか》ぶりは治まっても、心地よい気怠《けだる》さはまだ全身を覆っていた。甘い台詞を、自分を好きだという声をもっと聞きたかった。もっともっと浴びたかった。

週末、志摩は母親と良太郎とショッピングモールへ出かけた。車で三十分ほど走ったところにあるその施設は、四ヶ月前にオープンしたばかりらしい。人混みの嫌いな父親は同行を拒み、良太郎が代わりに運転手兼荷物持ちとして駆り出された。

志摩の体調を考慮し、昼過ぎには帰路につけるよう開店直前の到着を目指して家を出た。道中、助手席の母親はそのショッピングモールについて喋り続けた。可愛い子ども服の店がたくさん入っていること、本屋の内装が凝っていること、千葉初出店のジェラート屋のこと。志摩が上京して十四年、この街の雰囲気は変わった。車で移動していても、洒落《しゃれ》た外観のカフェや美容室をよく見かける。しかし、ますます田舎じみて感じられるのはなぜだろう。母親に相槌を打ちながらおぼろげに思う。

広大な駐車場に車を停め、店に入った。フロアマップを確認し、三階奥のベビー用品店へ直行する。今日は生まれてくる子どものために必要なものを買ってもらう予定だった。まだ早いような気がしていたが、あと二週間で安定期に入る。また、昇が立ち会いを希望したため、志摩は今通っている東京の病院で産むつもりだった。電話でそう告げたときの母親の声を思い出すと、ベビー用品を買ってもらうことはむしろ親孝行になるように思われた。

母親は大いに張り切った。通路の広い店内をずんずん進み、誰々さんに聞いたけれどこれはあまりよくないらしい、あれはたぶんこのあいだテレビの特集に出ていたやつだと、口を休める暇がない。赤いエプロンを着けた店員が母親のお喋りをかわすように、

「お二人のお住まいの洗面台はどれくらいの広さですか？」

と、志摩と良太郎の顔を見た。数秒置き、ああ、と志摩は頷いた。

「この人は父親じゃなくて」

「弟です」

良太郎があとを継いだ。失礼しました、と店員が志摩に向き直る。洗面台が広いのならばそこで沐浴させるのも手ですよ、との説明に応えつつ、良太郎は男と付き合ったことがあるのだろうかと志摩は思った。良太郎の部屋から拝借したＣＤは、シチュエーションＣＤというものらしい。暇な日中やつわりで動けない夕方など、この数日、時間があれば聴いている。過激なタイトルやジャケットは徹底的に避けたからか、志摩が再生するＣＤは愛情に溢れた男女交際を堪能するものばかりだった。年上、年下、教師、義理の兄弟と相手はさまざまで、聴き手が架空の世界の姫になったり、食べものを擬人化したキャラクターの恋人になったりすることもある。いずれの場合も男はとても大切に聴き手を扱った。好きで好きで堪らないという気持ちが声から存分に伝わってきた。

ああいうものを集めているということは、良太郎は一生父親にはなれないかもしれない。山のようにベビー用品が積み込まれたカートを押す良太郎の横顔を盗み見る。まだ眠いのか、目がしょぼしょぼしている。子どもが生まれたら、いっぱい抱かせてあげよう。いつの間にかそんなことまで考えていた。

母親と良太郎がレジに並ぶあいだ、志摩は店の前のベンチで待つことにした。妊娠してからとにかく疲れやすくなった。それが赤ん坊を身ごもったせいなのか、寝てばかりで体力が落ちたからなのかは分からない。スマートフォンを取り出し、昇宛のメッセージを打っていると、

「志摩？」
顔を上げた。一人をベビーカーに乗せ、もう一人の子どもと手を繋いだ女が立ってい
た。頭は毛先の広がった茶髪で、黒のダウンコートにジーンズを着用し、ムートンブー
ツを履いている。同じような格好の女を、この一時間で二十人は見た。それでも自分の
名を呼ぶ声に、表情に、閃《ひらめ》くものがあった。
「……成美《なるみ》？」
「うっそ、まじで志摩じゃん」
「うわ、久しぶりだね。成人式以来？」
「かもねー。志摩は東京で就職したんじゃないの？　帰省中？」
中学時代の仲間の成美だった。突然興奮し始めた母親に、子ども二人が目を丸くして
いる。やっと歩き始めたくらいと、その一、二歳上だろうか。志摩には子どもの年齢が
まだよく分からない。ベビーカーに座っているほうは一心に指をしゃぶり、成美と手を
繋いでいるほうはもう片方の手に玩具の電車を握り締めていた。
「帰省中っていうか、おばあちゃんの法事があってさ。来週には東京に戻るよ」
志摩が答えると、成美はすっと真顔になった。
「おばあちゃん、亡くなったの？」
「二年前にね。体調はずっとよくなかったんだけど」

まじかあ、と成美は遠くを見るような目で呟いた。外見は大人になったが、口調や喜怒哀楽がはっきりしているところは変わらない。中学生のころ、仲間の一人がペットのハムスターを亡くしたときには本人よりも号泣し、化粧が崩れてお化けのようになっていた。そんな成美が志摩は好きだった。

「厳しいおばあちゃんだったよね。私、公園で友だちと喋っててさ、通りかかった志摩のおばあちゃんに怒られたことがあるよ。確か、段差みたいなところに足を広げて座ってたんだよね。そうしたら、そんなの女の子がする格好じゃないって超怒鳴られて」

「あー、私もスカートが短すぎるってよく叱られたな。女の子は身体を冷やしちゃいけないって、おばあちゃん本当にうるさくてさ。冬は毎日毛糸のパンツを持って玄関まで追いかけてくるの」

「毛糸のパンツっ」

「穿くわけないよね、あのころの私たちが」

「今なら喜んで穿くけどね」

成美は豪快に笑った。少し歪んだ歯並びが懐かしい。休み時間も放課後も休みの日も、ずっとこの顔と向かい合っていた。感覚が十数年前に巻き戻っていくようだ。と、電車を握り締めているほうの子どもが、ママ、と成美の脚に半身を隠した。その声で志摩は現在に踏みとどまった。

「子ども、もう二人いるんだ？」

話題が自分に移ったことを察したのか、子どもはさらに深く身を隠した。

「そう。こっちが一歳半のタケルで、こっちが三歳のリュウキ。リュウ、この人ママの友だち。ほら、挨拶は？　ったく、ごめんねー、リュウは特に人見知りでさ。あともう一人、五歳が今旦那とおもちゃ屋にいるよ。あ、全員男ね」

「三人兄弟か、すごいね」

「家、ぼろぼろだよ。もういちいち直す気も失《う》せた。まあ、子どもは可愛いけどね」

実は自分も今妊娠しているのだと志摩は告げようとした。自分もそちら側の人間だと言いたかった。しかし、口を開きかけた瞬間、ベビーカーに座っていた三男が大声を上げて身体をくねらせた。あーごめん、と成美がベビーカーを前後に細かく揺らす。すると子どもは笑顔になり、雄叫びをやめた。

「ベビーカーが止まると怒るんだ」

「そうなんだ。大変だね」

志摩の言葉に、成美は眩《まぶ》しそうに目を細めた。

「志摩はすっかり東京の人って感じ」

成美の視線が志摩の服の上を舐める。確かにこのカシミアのコートはそれなりの値段がしたが、もう何年も着ている。それに、コート下のワンピースはファストファッションの店で買ったものだ。結婚し、仕事を辞めてから身なりに金を遣わなくなった。流行《はや》りも無視し、顔もほぼすっぴんだ。それでも成美の目には洒落者に映るらしい。志摩は無性に恥ずかしくなった。

「東京っていっても、私が住んでるところは都会じゃないからね。下町のほうだし」

「えー、でも雰囲気が全然違うよ。都会で働く女って感じ。一緒に馬鹿やってたのが信じらんない。まあ、志摩はもともと頭がよかったし、うちらのノリに合わせてくれてただけなんだよね」

「そんなことないって」

志摩は苦笑した。どうしてうちらなんかとつるんでるの？　当時も冗談めかした口調でときどき訊かれた。成績がよく、小学校では児童会長まで務めた志摩だった。悪い仲間にそそのかされたのでは、と心配する教師も少なくなかった。しかし、志摩が髪を染め、制服を改造して校則を破るようになったのは、純粋にそういうものが好きだったからだ。あのころは、いわゆるギャルファッションを最高に可愛いと思っていた。乱暴で気怠げな喋り方に憧れた。本音でぶつかり合い、ノリがよく、情に厚い仲間たちが誇りだった。

「あのころ、私、本当に楽しかったよ」

「ママあ、リュウくんもおもちゃのとこ行きたいー」

痺れを切らした次男が成美のコートの裾を引いた。

「ごめん、そろそろこいつらが限界みたい」

「あ、うん。私こそごめんね、長々と」

「全然。久しぶりに話せて嬉しかった」

成美は微笑《ほほえ》み、またねー、と手を振って去っていった。志摩も手を振り返しながら、またねとは、また偶然会ったらね、の略なのだろうとぼんやり考えた。高校が分かれてもずっと仲間でいられると信じていた。いつか自分が東京で一人暮らしをした際は、成美たちに遊びに来てもらう。そんな場面も想像していた。

だが、いざ高校生活が始まると新しい人間関係に夢中になり、次の土日には、夏休みこそは、と誘う日程を考えているうちに時間は過ぎた。そして半年が経ったころ、志摩はふと気づいたのだ。自分も連絡をしなかったが、彼女たちからも一切のコンタクトがなかったことに。志摩は本当はうちらと一緒にいるような人間じゃないからなあ。あれらの言葉は冗談ではなく、本心だった。そう悟った瞬間、成美たちとの関係は思い出に変わった。

「志摩、お待たせ」

支払いを終えた母親と良太郎がやって来た。商品は志摩が東京に戻ったあとに自宅に着くよう、宅配便を手配してくれたという。母親はまだショッピングモールを回りたがったが、また成美と鉢合わせするかもしれないと思うと億劫《おっくう》で、具合が悪くなってきたと志摩は嘘を吐いた。

家に帰り、母親が握ったおにぎりを胃に収めたのち、志摩は自室にこもった。無性に一人になりたかった。シチュエーションCDを聴きたかった。掛け布団を頭からかぶり、暗がりで延々とCDを再生し続けた。

「君は真面目だな。ほどほどに手を抜くということを知らなすぎる。でもまあ、そういうところが可愛いんだけどね」

「あなたといるとほっとする。あなたといるときだけ、僕は僕でいられるんです。ほかの人じゃ意味ない」

「こんな気持ちになったのは、君が初めてなんです」

彼らの言葉には愛しかない。目を閉じると、声は一層甘やかに響いた。聴き手がどんな人間であっても感情移入できるようにだろう、彼女側の設定はだいたいのCDにおいて大まかだ。素直で、うっかりしているところもあるが、不器用でひたむき。こんなところか。具体性に欠けた大げさな讃辞を聞くと、志摩はむしろ自分の本質が認められたようで嬉しかった。

「俺はおまえが好きだよ。おまえだから、好きなんだ」

ここには自分がいる。いつまでもここにいたい。

炭酸水を飲みたくなり、手すりを頼りに一階へ降りた。流しの上の蛍光灯を点け、食器棚からプラスチック製のコップを取る。子ども時分に愛用していたコップはすっかり色褪せ、キャラクターのプリントも今や剝げている。そこになみなみと炭酸水を注ぎ、一息に飲んだ。

置き時計の秒針は小気味よく時を刻んでいる。時刻は、ただ今午前二時。昇との電話を一方的に切ってから、五時間近くもシチュエーションCDを聴いていたことになる。初めは明後日に迫った帰宅の予定について話していたのが、いつしか話題は志摩の体調へと移り、つわりは赤ん坊が元気な印だからと言われたことでかっとなったのだ。終話ボタンを押すのがあと数秒遅ければ、快楽だけで親になれる人間が分かったようなことほざいてんじゃねえぞ、と怒鳴っていたかもしれない。

子どもへの愛とつわりへの憎しみを両立させてほしい。このところの志摩の願いだ。妊婦はつわりを前向きに感じなければならないと、誰も彼も思っている気がしてならない。しかし、吐き気は吐き気。辛いものは辛いのだ。志摩は全身全霊でつわりを恨みたかった。

コップを濯《すす》いでいると、頭上でドアの開く気配がした。続いて階段の軋《きし》む音。どれほど静かに足を踏み込んでも、古いこの家では足音が鳴る。

「あれ？　起きてたの？」

戸口に現れた良太郎に、そっちこそ、と志摩は返した。

「んー、ちょっと仕事が立て込んでて」

良太郎は脇腹を掻きながら冷蔵庫を開けた。オレンジ色の光が束の間キッチンの床に射し込む。良太郎はグレープ味の炭酸飲料をペットボトルから直接飲んだ。

「仕事忙しいんだね」

「貧乏暇なしですよ」

「でも、ゲームを作ってお金がもらえるなんていいよね。楽しそう」

「いやいや、ゲーム制作だって立派な労働だよ」

良太郎は低い声で笑い、

「そういえば、姉ちゃん。明日中に返してほしいCDが一枚あるんだけど」

「CD？　なんのこと？」

ぎくりとした。顔が熱くなる。心臓が速いテンポで撥ね始めた。目が合えば動揺を悟られるかもしれない。志摩はシンクに残っていた数枚の皿に手を伸ばした。スポンジで擦り、皿を洗うことに集中しているふりをする。頬が、耳が溶けそうに熱い。

「姉ちゃん、僕の部屋から何枚かシチュエーションCDを持ってったよね？　『ラストワンマイル』っていうのが、仕事でちょっと必要なんだけど」

「ああ、あれね」

なんでもないような声を必死に絞り出した。非現実世界の恋愛を楽しんでいる、寂しい女だと思われたくない。そう捉えられるくらいなら、裸を見られるほうが百万倍ましだった。

「暇つぶしにちょっと借りてみたんだ。まあ、半分も聴かないでやめちゃったけど。あとで良の部屋に持っていくね。勝手にごめん」

「いや、借りるのはいいんだよ。姉ちゃんが僕のものを勝手に使うのなんて、今更文句を言っても仕方ないし、本当に見られたくないやつはちゃんと隠してあるから」

「見られたくないやつ？」

思わず振り返った。良太郎はにやりと笑った。

「あるんだよ、いろいろ」

「いろいろ……」

「シチュエーションCDの世界は奥が深いから」

良太郎はどこか得意げに微笑した。その顔に志摩は安堵《あんど》した。無断で借りたことを怒られたり、シチュエーションCDに興味を持ったことをからかわれたりしなくてよかった。顔の熱も冷め、つい気持ちが大きくなった。

「あー、でもそっかあ、あれは仕事で必要だったんだ。最初に見つけたときはびっくりしたよ。良は男が好きなのかと思って焦っちゃった」

洗いものを終え、志摩はタオルで手を拭きつつ言った。すると良太郎はわずかに目を細めた。

「仕事で必要だったのもあるけど、自分の趣味で買ったCDのほうがずっと多いよ」

「えっ、男とデートするやつなのに？」

「うん」

「それは、えっと、やっぱり男が好きってこと？」

志摩は目を瞬いた。声がかすれている。炭酸水を飲んだばかりのはずが、喉が渇いて痛い。姉の動揺を知ってか知らずか、良太郎は落ち着き払った口調で答える。

「今のところ同性を好きになったことはないかな」

「じゃあなんで——」

「なんでって、楽しいからだよ。たぶん僕、声フェチなんだよね。男女問わず。ああいうCDは、女の気持ちになって聴くこともあるし、意識は男のまま傍観者視点で楽しむこともあるよ。そのときどきで違う」

志摩は呆然と良太郎を見つめた。彼の眼差しに感じた微笑は、風上にかざしたロウソクの火のように消えかけていた。蛇口の締めが甘かったのか、背後で水の滴《したた》る音が鳴る。締め直したいが、縫い留められたかのように良太郎から視線を外せない。

「お姉ちゃんさ」

良太郎の唇が動く。姉ちゃんではなく、こう呼ばれるのはいつぶりだろう。そんな場違いな疑問が志摩の頭を過《よ》ぎった。

「無理に嵌《は》めこもうとするのはやめてくれないかな。それに、僕が同性愛者だったとして、どうして姉ちゃんが焦るのかまったく理解できないんだけど」

良太郎は嘆息を漏らし、

「じゃあ、僕は仕事に戻るから。おやすみ」

と、足早にキッチンを出て行った。一人残された志摩は真っ先に蛇口をきつく締めた。

女の子、お姉ちゃん、優等生。これまでに何度らしさを押しつけられてきたことか。そして今は、とにかく正しい妊婦であるよう求められている。

望んだ妊娠だった。検査薬が陽性反応を示したときにはトイレで声を上げて喜んだ。まだ性別も分からない、エコー写真にはカブトムシの幼虫のようにしか写らない我が子が狂おしいほどに愛おしく、元気に生まれてきてくれればそれでいいと人から言われれば、この子にそんな条件を与えるなと喚《わめ》きたくなった。それでも、高木志摩の核が妊娠にあるかのように扱われるのは悲しい。苦しい。まるで自分が単なる赤ん坊の容《い》れものになったみたいに思わされる。

無理に嵌めこもうとするのはやめてくれないかな。

力ない足取りで自室に戻り、イヤホンを手に取った。耳に嵌め、ポータブルCDプレイヤーを再生する。きゅるきゅるとディスクが回り始める。

「頑張ってるよ。俺が言うんだから間違いない。昔っから強がりで、頑張り屋で、文句も愚痴も言わないし――」

何十回と聴いた隼斗の台詞。しかし、鼓膜に分厚い吸音材を当てられたように声が遠い。心に響いてこない。音量をいくら上げても隼斗の気配は近くならなかった。

本当におまえは強がりで、愚痴を言わない頑張り屋なのか？ 頭蓋骨の内側をどろりと粘り気のある問いが巡る。

素直で不器用でひたむき。己をそんな可愛い人間だと思ったことは一度もない。わがままで短気で、とても打算的な性格だと自覚している。にもかかわらず、シチュエーションCDの彼女役に自己を投影していた。志摩は冷えた指先でCDプレイヤーの停止ボタンを押した。耳の中に濃密な闇が広がった。

翌日の土曜日、昇は志摩を迎えに千葉までやって来た。予定通りにその晩は実家に泊まり、夕食後は軽い宴会となった。志摩と昇は翌日早くに家を出た。鼻から漏れる息さえ白いほど寒い朝だった。駅までの道のりは良太郎が車で送ってくれた。

「臨月に入る前にもう一回くらい帰るかも」

　車がロータリーに差し掛かったところで志摩は言った。良太郎は小さく頷いた。

「父さんと母さんが喜ぶよ。妊娠したって聞いてから、あの人たちずっと姉ちゃんの話してるからさ」

「そうなんだ。あ、良、ここでいいよ。二週間、どうもお世話になりました」

「なに、急に。なんか気味が悪いんだけど……」

「ひどい。お礼を言っただけなのに」

「良太郎くん、次に東京に来ることがあったら連絡してよ。一緒に飲もう」

「ぜひ。昇さんも気をつけて」

　志摩たちが車を降りると、良太郎はハザードランプを短く点滅させ、ロータリーを出て行った。借りていたシチュエーションCDは、昨日昇が実家に到着する前に耳を揃えて返した。CDを受け取った良太郎は、どれがよかった？　と普段通りの声音で尋ねた。僕の予想では姉ちゃんはこのあたりに萌《も》えそうかな。そう言って良太郎が『ホゴカレ！過保護カレシが貴女を甘やかすCD　隼斗編』のケースを軽く振ったため、萌えじゃないから癒やしだから、と志摩は思わず声を上げた。良太郎は大口を開けて笑った。

　二時間半ほど電車に揺られ、東京に帰った。道中、昇はこの二週間の出来事を楽しそうに話して聞かせた。数日前の電話で志摩が腹を立てたことにはまるで気づいていない様子だ。この大らかさこそが昇だと、志摩は大差で完敗したような気分だった。

　自宅マンションには昼過ぎに着いた。一服したいと、昇がキッチンで湯を沸かし始める。コーヒー豆を挽く音がして、香ばしい香りがキッチンから漂ってきた。胃が一瞬反抗的な構えを取ったが、嘔吐感には至らなかった。志摩はソファに腰を下ろし、肺の奥から息を吐いた。

「志摩は炭酸水？」

「うん。ありがとう」

　昇がコーヒーを淹れているあいだに、志摩はボストンバッグから小ぶりの冊子を取り出した。赤い表紙はシールや書き込みでほぼ埋まり、自分のものながら異様な迫力を放っていると思う。リビングのテーブルにそれを置き、雑誌を読みながら昇を待った。

　右手にマグカップを、左手に動物柄のプラスチック製コップを持った昇がやって来た。

「これなに？」

　志摩は雑誌に目を落としたまま、

「中学生のときのアルバム。実家から持ってきたから、見ていいよ」

「突然どうしたの？」

　昇は驚きながらもマグカップとコップをテーブルに手早く置き、慌てた仕草でアルバムを摑んだ。志摩は息を殺し、その様子を視界の端で観察し続けた。昇の太い指が表紙を開く。そして次の瞬間、口からぶはっと空気の塊《かたまり》を吐いた。

「これ、志摩？」

昇が指差した先には、金髪にパンケーキのような肌色の少女が写っていた。眉は糸のように細く、上瞼《うわまぶた》には水色、下瞼には白色のアイシャドウが塗られている。緩めたシャツの襟元から大きな臙脂《えんじ》色のリボンを下げ、明らかに大きすぎるカーディガンを羽織っていた。限界まで舌を出し、カメラ目線でピースサインをする少女を、志摩は直視できない。

「うん、そう」

「これは……ちょっと想像を超えてたな」

声に動揺をにじませ、昇はアルバムをめくっていく。うわ、と時折短く驚嘆の声が上がった。このアルバムには主に成美たちと撮った写真を収めている。学校で、街で、意味も構図も考えずに撮っていた。目を開けて寝ていたり、下着がちらっと見えていたりするようなものもあったはずだ。昇が今どのページを開いているのかは、怖くて確かめられなかった。

裏表紙を閉じると、いやーすごかった、と昇はコーヒーを啜った。

「びっくりした？」

志摩は雑誌を閉じ、昇の隣に座り直した。

「まあね。薄々そんな気はしてたけど、まさかここまでとは思わなかったから」

アルバムの表紙を指でなぞり、昇は喉の奥で笑った。そんなにおかしい？　と志摩は昇に腕を絡ませ、横顔を押し当てる。セーターの毛が頬を刺したが気にせず擦りつけた。顔を見られたくなかった。

「でも、別に隠さなくてもよかったのに」

「昇さんは、こういう女は嫌いだと思ってたのっ。だから家族にも軽く口止めしてた」

「どうして？」

「理系だし、釣りとか登山とかアウトドアが趣味だし、清楚な感じの子がタイプなんだろうなあと思って」

くぐもった声で志摩が答えると、昇はいよいよ肩を揺すぶって大笑いした。腕を通じて振動が伝わってくる。志摩は昇の腕に体重をかけ、下に引いた。嫌がらせのつもりだったが、太い腕はびくりともしない。

「でも、当たってるでしょう？　昇さん、昔、ユッキーのファンだったんだよね？　そう言ってたよね？」

志摩はかつての大人気清純派アイドルの名前を口にした。交際前に昇から直接聞いた情報だった。ギャルファッションに熱中していたのは中学生のあいだのみで、高校生以降の志摩は年相応に可愛らしい服を着てきた。それでも昇が清純派アイドルのファンだったと知った翌日、志摩は髪の色を焦げ茶から黒に戻した。なんとしても昇に好かれたかった。

「まあ、確かに可憐な雰囲気の子に惹かれがちではあるけどさ」

昇は居住まいを正し、志摩の腰にするりと手を回した。あ、と思う間もなかった。昇はそのまま志摩を強く抱き寄せると、耳元で囁いた。

「俺は志摩が好きだよ。志摩だから、好きなんだ」

花入りのアンバー

幾何学的な模様の絨毯《じゅうたん》は分厚く、足を踏み込むたび、力が吸い取られていくようだ。天井のほの暗い照明を受けて、木柱は飴色に光っている。藤色の着物を着た仲居は、右手に美鶴《みつる》のボストンバッグを提げ、すり足気味に歩いていた。今にも瓶の割れる音が聞こえてくるのではないかと、美鶴は気が気でない。念を送るように、バッグを凝視した。

「古いでしょう。大正時代に建てられたものを、あちこち増築したり、修繕したりしながら使っているんですよ。先ほどお手続きいただいたロビーのあたりが一番古くて、地元の名士の方の別宅を譲り受けたのが、当館の始まりだったそうです」

首を捻《ひね》り、美鶴のほうにきちんと顔を向けて、仲居は言った。首と目尻に浮かんだ皺の深さが、彼女がそれなりの年齢であることを語っている。バッグの重さが、さぞ腕に応えることだろう。予想外の重量を怪しんでいるかもしれない。つい三分前、フロントで鞄を渡したことが悔やまれた。ごく自然な間合いで、お部屋までお持ちいたします、と手を差し出され、任せてしまったのだった。

「昔からあるところと、新しいところの繋ぎ目がとても自然ですね。それに、どこもかしこもぴかぴかで、すごくきれい」

「先代の女将《おかみ》がそれはもう厳しい人で、特に掃除に関してはどんな小さな埃《ほこり》も見逃さなかったんです。新しい旅館の何倍も気をつけなければ、うちのような建物はすぐに小汚くなる。汚れも味だと考えるのは商いをする側の傲慢《ごうまん》だと、口癖のように申しておりました」

仲居は喉の奥で小さく笑い、廊下の突き当たりを左に折れた。葵《あおい》の間と書かれた表札の前で足を止め、鍵を穴に差し込む。中は随分と暖房が効いていた。しつこい四月の冷気によって強張った筋肉が、みるみるうちに緩んでいく。い草と木の乾いた匂い。美鶴は深く息を吸った。

仲居は和室の隅にボストンバッグを置いた。その拍子に、ガシャンと小さく音が鳴った気がして、美鶴は思わず目をつむる。しかし、仲居の耳には届かなかったようだ。今、お茶をお淹れしますね、と畳に両膝をつき、仲居は急須を手に取った。

「御夕食は七時にこちらの部屋にお持ちする予定ですが、よろしいでしょうか？」

「はい、お願いします」

座椅子に腰を下ろし、美鶴は頷いた。

「大浴場は夜中の〇時まで入れます。朝は五時からです。男湯と女湯が入れ替わりますので、ご注意くださいね。なにかご不明な点がございましたら、フロントまでお電話ください。内線の9番です」

「分かりました」

美鶴が湯飲みに手をかけ、いただきます、と軽く頭を下げると、仲居も、どうぞごゆっくりお過ごしくださいませ、と低頭して、部屋を出て行った。あー、と声が出る。一人旅はこれが初めてだ。ちゃんと予約が取れていたこと、無事部屋に入れたことに、とにかく安堵《あんど》していた。

「さてと」

美鶴は立ち上がり、ボストンバッグの傍らにしゃがみ込んだ。瓶が割れたように感じたのは、どうやら気のせいだったらしい。バッグの中身に異変は見られなかった。緩衝材の代わりに巻いていたタオルをほどき、座卓の上にガラス瓶を置いた。ごんっと重量感のある音が響く。大きさは大人の頭部ほどで、プラスチック製の赤いねじ蓋を帽子のように被っている。美鶴は座卓の天板《てんばん》に頰をつけ、至近距離から中を覗いた。銅のような鈍い色味の液体は、光を透かした途端、琥珀《こはく》色に変わる。瓶の向こうに見える空は、夕暮れと真夜中を混ぜ合わせたような不穏な雰囲気を醸し出していた。ガラスの曲線で歪《ゆが》んだ雲を眺めながら、美鶴はこの瓶に梅酒を漬けたときのことを思い返す。二十七歳だった。俊太《しゅんた》と出会う、ちょうど一週間前だった。

「よしっ」

勢いをつけて頭を起こし、広げた右手で蓋を摑んだ。左腕で瓶の胴体を抱え、腹部に力を込めて右手を捻る。

「ぐぬぬっ」

五年前に梅の実を取り出して以来、この瓶は一度も開けていない。蓋は固く、三度目の挑戦でようやく回り始めた。さらに力を込める。数秒後、かぱっと音を立て、赤い蓋は外れた。ほうっ、と美鶴の口から声が漏れた。

中蓋を開けると同時に、ふくよかな梅の香りが部屋に溢れた。唾が湧き上がるような酸っぱい匂いと、神経をなだめてくれるような甘い匂い。アルコールがそれらを何十倍にも膨らませている。美鶴はしばらく鼻をひくつかせていたが、やがてボストンバッグを引き寄せ、銀色のレードルを取り出した。未使用の湯飲みに梅酒を注《つ》ぎ、中を見つめる。深い色合いに吸い込まれそうだ。

「えいっ」

気合いを入れて、湯飲みに唇をつけた。梅酒が舌先に触れる。ほんの少量で、まろやかな味わいが口いっぱい広がった。香りが喉の奥で凝縮され、鼻から抜ける。

「なにこれっ。美味《おい》しーい」

思わず足をばたつかせた。一年程度漬け込んだものとは、風味がまったく違う。美鶴はたちまち湯飲みを空にして、二杯目に取り掛かった。ボストンバッグから炭酸水のペットボトルを取り出し、梅酒を割る。炭酸水は、旅館近くのコンビニエンスストアで買い込んできた品のひとつだった。

「六年ものでも充分だよ、うん」

独りごち、テレビの電源を入れた。一人酒を楽しむうえで、テレビは欠かせない相棒だ。液晶画面に光が点《とも》り、情報番組が流れる。東京オリンピックの出場を有力視されている若手選手が、アナウンサーのインタビューに応えていた。二年後の大舞台でみなさんに応援していただけるように、今を精いっぱい頑張りますっ。彼がその台詞を言い終えるが早いか、美鶴はチャンネルをドラマの再放送に切り替えた。炭酸割りを一気に飲み干し、今度はオレンジジュースで割る。続く四杯目は、ふたたびストレートにした。

ドラマが終わったとき、この部屋の細部をまだ確認していなかったことに気がついた。なにがでるかな、と口ずさみながら、目についた扉を開けていく。広い脱衣所、モザイクタイルで飾りつけられた洗面所、大きな内風呂、隅々まで清潔に磨かれたトイレ。洋室にはセミダブルベッドが二台並び、開かれた障子の向こうには、広縁《ひろえん》が設《しつら》えられている。障子の桟《さん》は、まるで年月に燻《いぶ》されたようにくすんでいた。

「おー、格好いい」

老舗旅館に泊まるのは、かねてからの美鶴の夢だった。テレビや雑誌で見かけて惹かれたところは、施設の名前を日記の端にメモしていた。今回訪れたのは、その中のひとつだ。ちょうどキャンセルがあったからと、一週間後に予約を入れてもらい、新年度早々に有休を使って、美鶴はこの神奈川の温泉地までやって来た。

広縁に立ち、窓の外に目を向けた。眼下を川が流れている。昨晩の雨の影響か、水量は多い。ごうごうと唸るような音は風ではなく、川面《かわも》から聞こえていたものらしい。窓を開ける。冷えた空気が入り込んでくる。窓には胸までの高さの柵が設置されていた。これは、転落防止用のためか、それとも——。

「自殺、か」

その選択肢が頭を過《よ》ぎったこともある。例えば、特定記録と書かれた封筒から書類を取り出し、目を通したあのあとに。例えば、思い切って送信した俊太宛のメールがエラーとなって戻り、電話も繋がらなかったあの夜に。自ら自分の生を終わらせたほうが楽なのではないかと、美鶴も考えたのだ。でも。

「死にたくないんだから、できないよ」

小さく呟き、和室に戻った。舐めるように四杯目を空ける。身体が熱い。溶けていくみたいだ。と、美鶴は自分が上着を脱いでいなかったことに気づいた。上半身を捩《よじ》りながら腕を引き抜き、近くに放り投げる。ベージュのトレンチコートはうつ伏せた死体のように畳に広がった。

その光景が無性におかしく、束の間、声を上げて笑った。

瞼《まぶた》の裏を染めるのは、イチゴ酒だ。人工着色料で作られたように嘘っぽく、どこまでも偽善的な赤。美しく澄んだイチゴ酒を作るには、傷がなく、熟しすぎていない実を使うのがコツだ。ホワイトリカーに漬け込んだイチゴは、数日で色が白く抜け落ち、徐々にふやけていく。初めて仕込んだとき、まるで果実の魂が酒に吸い取られているみたいだと、そんなふうに感じたことを思い出した。

大学に入って間もなく、消極的な気持ちで参加した語学クラスの飲み会で、美鶴は果実酒の美味しさを知った。香りがよくて飲みやすく、チューハイのようにべたついていない。料理に合わせて、飲み方を変えることもできる。以来、一杯目のビールも無視して、果実酒を頼むようになった。自分が店を選ぶときには、なるべく果実酒の種類が豊富なところを探した。

自分でも作ってみようと思いついたのは、大学三年生の夏休みだ。手順は意外なほどシンプルで、果実と氷砂糖と、アルコール度数が三十五度以上の酒を瓶に詰めれば、あとは熟成するのを待つばかりという。瓶の殺菌や、果物によっては下準備に多少手間がかかったが、細かい作業は嫌いではない。旬を見定め果実を選び、数種類を少量ずつ作る。ずらりと並んだ小瓶を眺めるのが楽しく、あっという間に夢中になった。

これまでに仕込んだ、さまざまな果実酒のこと。セピア色に似た、どこかノスタルジックな橙《だいだい》色のあんず酒や、黄色を淡く発光させたような、楚々《そそ》とした佇まいのカリン酒。キウイ酒は若草から滴《したた》る朝露を集めたように爽やかで、紫を煮詰めたようなカシス酒は、瓶の向こうが見通せないほど色が濃い。

オレンジ酒、リンゴ酒、パイナップル酒、洋梨酒に枇杷《びわ》酒、それから、レモン酒。クランベリー酒やイチジク酒、ざくろ酒のような変わり種も漬けた。ひとつ思い浮かべるたび、視界に色が加わっていくようだ。来年にはまたイチゴを、今度はホワイトリカーをウォッカに替えて漬けるつもりだった。夏はメロンに、秋は柿に挑戦しようと思っていた。

今や虹色になったそれに触れたいと、美鶴は懸命に手を伸ばす。しかし、なんの感触も得られない。もがくように指を動かした。あれに触りたい、いや、触らなくてはいけない。空気を掻いているような感覚に、焦りだけが募っていく。私にはあれが必要だ、あれに触れれば、きっと——。

気がつくと、全裸で湯に浸かっていた。

額《ひたい》から垂れた水滴が目に入り、美鶴は瞬きを繰り返した。ここはどこだろう。靄《もや》がかかったような頭であたりを見回す。大人四、五人がゆったりと入れそうな、広くてやや浅めの木の浴槽。壁沿いには、鏡とシャワーが等間隔に並んでいる。

「ああ、そうか。大浴場」

夕食の前に汗を流しておこうと思ったのだった。美鶴ははっとして頭に手を当てた。肩まである髪は濡れそぼち、ヘアゴムで束ねられている。湯に浸かる前に、髪と身体はきちんと洗ったものと信じたい。おそるおそる手足を伸ばした。露天風呂のほうに人影が見えるだけで、浴室内には誰もいない。あー、と声が出た。

こうしてゆったり風呂に入るのは、いつ以来だろう。アパートはユニットバスで、滅多なことがなければ湯は張らない。年末年始も山梨の実家には帰省しなかった。今思えば、帰ればよかった。美鶴は頰に手を当てた。家族の前で思うままに振る舞えるのは、あれが最後の機会だったかもしれないのに。

柔らかな湯に包まれた自分の身体に、美鶴は目を向ける。乳房は小ぶりで、呼吸に合わせて上下している。三年前、俊太について岡山に行っていれば、今ごろ子どもの一人もいたのだろうか。美鶴は思いを巡らせた。父親が急死し、長男の責任を果たすために地元に帰ると俊太が言い出したとき、私も一緒に行くと、どうしても言えなかった。結婚と同時に彼の母親と同居することにも、縁もゆかりもない土地に住むことにも、ただただ不安だった。互いに号泣しながら、俊太の部屋で別れた。

大らかで、優しい人だった。降水確率が四十パーセントでも傘を持たずに出かける彼の性格は、ともすれば細かすぎると言われることもある美鶴を、いつも正面から受け止めてくれた。別れたあと、三年近く連絡先を消せなかったのは、なにかの拍子で元の鞘《さや》に収まることもあるかもしれないと、心のどこかで期待していたからだ。実際、誰を紹介されても、何度婚活パーティーに足を運んでも、俊太以上と思える相手には出会えなかった。

しかし、彼のほうは美鶴のことを、とっくに過去の人間として清算していたらしい。携帯電話の番号も、メールアドレスも変わっていた。おかけになった番号は、現在――。あのアナウンスを思い出すたび、美鶴の胸は鈍く軋《きし》んだ。

両手で湯をすくい、顔にかける。気分転換に露天風呂へ移ろうと、浴槽の縁に手を突いた。だが、洗い場を数歩進んだところで、脳が一回転するような感覚に襲われた。身体が傾く。足に力が入らない。目の前がふたたび暗くなっていく。


次に意識が戻ったとき、美鶴の視界に真っ先に飛び込んできたのは、スズランの花の形をしたペンダントライトだった。趣ある格《ごう》天井からぶら下がり、白い光を抱いている。眩しさに耐えかねて顔を逸らすと、アンティーク調の脚の細長いテーブルを見つけた。ガラスの水差しとグラスが並んでいる。

「お目覚めですか?」

上半身を起こした拍子に、腹部に掛けられていた毛布が落ちた。反射的にそれに手を伸ばして、美鶴は自分がソファに寝かされていたことに気づく。顔色は悪くないわね、と、さっきと同じ声がして、足のほうから小柄な女性が現れた。

「どこか痛いところはありますか？　気分はどうかしら」

黒い薄手のニットにグレーのパンツを穿き、レース編みのショールを肩に羽織った、高齢の女性だった。髪は総白髪で、老眼鏡をネックレスのように首にかけている。薄い背中は緩やかにカーブしていて、今年喜寿を迎える自分の祖母より年上かもしれない。しかし、容態を尋ねる口調も、細かい寄木の床を歩く足取りも、容姿とは裏腹にしっかりしていた。この旅館の仲居だろうか。頭に疑問が浮かぶ。

「あの、私――」

「一時間くらい前かしら、大浴場で倒れられたんですよ。ほかのお客さまが気づいて、フロントに連絡をくださったそうです。あなたが病院は嫌としきりに仰るので、とりあえずこちらにお運びして、私が様子を見ていました」

「あ、あのっ、病院は嫌だって、私が言ったんですか？」

「あら、覚えていらっしゃいませんか？」

数秒記憶を辿ったが、倒れてから今までのことはさっぱり思い出せなかった。すみません、と肩を縮こまらせる。一方で、倒れる前の記憶は徐々によみがえり、顔が熱くなるのを感じた。梅酒瓶の蓋の固さと、湯飲みに注がれた梅酒の琥珀色、浴衣とタオルを手に抱え、大浴場に向かったときの、視界の揺れ。もはや言い訳のしようがなかった。

「私……酔っ払ってお風呂に入ってしまったみたいで……その……本当に申し訳ありませんでしたっ」

美鶴は限界まで腰を折った。自分の胸元、旅館の名前の入った浴衣が目に留まる。大浴場で倒れたということは、裸で意識を失ったはずで、つまりは旅館の従業員が着せてくれたのだろう。申し訳ない気持ちがさらに募り、美鶴は泣きたくなった。

「とりあえず、お水をお飲みください」

老女から渡されたグラスを、美鶴はたちまち空にした。あまりの美味しさに喉を鳴らしながら、美鶴は自分の目が見開いてくるのが分かった。干涸《ひか》らびていた細胞に、水分が染み込んでいくようだ。あんまり一気に飲むとむせますよ、と優しく窘《たしな》めて、老女は二杯目を注いだ。

「あの……ここは？」

三杯目を半分飲んだところで、美鶴はようやく人心地ついた。改めてあたりに目を配る。部屋の広さは六畳ほど。白い漆喰《しっくい》と、黒々とした梁《はり》のコントラストが鮮やかだ。赤茶色のカーテンはひどく色褪《いろあ》せていて、年季を感じさせる。小型冷蔵庫、電子レンジ、エアコンなどの家電製品が、この空間では異物のようだった。

「従業員用の休憩室ですよ。ごめんなさいね、底冷えがひどいでしょう。でも、ここが一番、大浴場から近かったものですから」

「私のほうこそ、こんなところまでお邪魔してしまって」

恐縮しつつ、納得した。葵の間に美鶴を案内した仲居は、ロビーのあたりが一番古いと言っていた。大浴場はロビーのすぐ先にあったことを、美鶴はおぼろげに思い出した。

「もう動けますか？　ここは寒いし、お部屋に戻りましょうか」

本当は首を横に振りたかった。美鶴は古い建造物が好きだ。かつてその場所で営まれていた生活を想像し、過去と現在を繋げることで、自分の存在に厚みが増したように感じられる。いまだ酔いが残っているのか、老女が言うほど寒くもなかった。だが、これ以上迷惑をかけるわけにはいかない。はい、と大人しく顎を引いた。

「御夕食は？　召し上がれそうですか？」

「七時でお願いしてあったんですけど、時間を遅くしていただければ、たぶん大丈夫だと思います」

旬の食材を使った会席料理は、この宿の評判のひとつだ。まだ食欲は湧かなかったが、せっかくの機会をふいにしたくなかった。美鶴の言葉を聞くなり、老女はテーブルの上の電話に手をかけた。迷いなくボタンを押して、

「私です。今、葵の間のお客さまは目を覚まされて、これから部屋に戻られます。御夕食の時間は後にずらして……いいえ、献立は予定通りでいいわ。はい、よろしくね」

凛とした口調だった。この人はただの仲居ではなさそうだ。そういえば、着物を着て

いない。出勤前だろうか。それとも退勤後？　老女が受話器を置いて振り返った。美鶴は慌ててソファから足を下ろし、スリッパを履いた。

「お部屋までご一緒いたします」

「そんな。部屋の場所を教えていただければ、一人で大丈夫です」

「途中でまた倒れては大変ですから。こちら、脱衣所にあった服です。全部揃っているか、確認していただけますか？」

老女はソファの足元にあった紙袋を差し出した。美鶴はそれを膝に載せ、中を覗き込んだ。チェック柄のシャツと、ジーンズ、それに靴下が、きちんと畳まれた状態で入っている。一番上には、部屋の鍵が載っていた。

「全部あります。大丈夫です」

「それでは行きましょうか」

老女は美鶴の膝からひょいと紙袋を持ち上げ、ドアに向かって歩き出した。いいですいいです、自分で持ちます、と、美鶴は慌てて華奢《きゃしゃ》な背中を追いかける。しかし、老女はきっぱりと首を振った。

「とんでもない。引退した身とはいえ、お客さまに荷物を持たせて館内を歩くなんてこと、とてもできません。私が指導した従業員たちが、今は第一線で働いてますからね。万が一見られたら、大変なことになります」

ぴんときて美鶴は尋ねた。

「もしかして、先代の？」

「あら、ご挨拶がまだだったかしら。それはそれは、大変失礼いたしました」

ドアノブから手を離し、老女は背筋を伸ばした。幾分背が伸び、老女の顔が近くなる。頬や首には縮緬《ちりめん》のごとく細かい皺が刻まれているが、肌そのものは瑞々《みずみず》しく、ふっくらと柔らかそうだ。老女は腹の前で両手を重ね、恭《うやうや》しく頭を下げた。

「半年前まで当館の女将を務めておりました、小坂翠子《こさかすいこ》と申します」

次に顔を上げたとき、元女将の目はいたずらっぽく光っていた。

「もっとも、今は隠居中の、ただのおばあちゃんですけどね」


美鶴が倒れたのは、チェックインのピークと夕食の支度が重なる、旅館にとってもっとも忙しい時間帯だったそうだ。そのため、従業員は誰一人持ち場を離れられず、美鶴を見守る役目が自分に回ってきたのだと、翠子は事実そのままを語った。

「傘寿《さんじゅ》を迎えて、ようやく隠居できると思ったんですけどね。あれがないとか、これが分からないとか、しょっちゅう呼び出されるんですよ。この旅館のすぐ裏手に一人で暮らしているものですから、便利なんでしょうね」

今回の件は自分が原因なだけに、美鶴はどう応えていいのか分からない。もう一度謝ろうかと迷ったが、翠子にそれを求めている様子はなかった。美鶴が口ごもっているあいだにも、翠子は滑らかな足取りで廊下を進んだ。何度も増改築を繰り返したという建物は入り組んでいて、それでも翠子の足は止まらない。途中、従業員とすれ違うたび、翠子は姿勢を正して重々しく頷いた。半年前までの翠子を彷彿《ほうふつ》とさせる所作だった。

やがて、葵の間に着いた。美鶴は紙袋から鍵を取り出し、穴に差し込んだ。解錠の手応え。この旅館がオートロック式だったことに感謝したくなる。ドアを開いた途端、隙間から黄色っぽい光が漏れた。

「このたびは、本当にありがとうございました」

しかし、翠子は美鶴の顔をまともに見ていなかった。鼻を突き出し、ひくりと動かして、

「梅の匂いがしますね」

「す、すみません。自家製の梅酒をこの旅館で飲みたくて、それで、私――」

美鶴はしどろもどろに釈明した。飲食物を持ち込むことに、宿側がいい顔をしないことは分かっていた。しかも、美鶴が持ち込んだのはアルコールで、そのうえ、酔っ払って倒れてまでいる。非難されるのを覚悟で、すみませんでした、と頭を下げた。

「それは素敵」

翠子は胸の前で手を合わせ、小さく声を上げた。

「えっ」

「自家製ということは、ご自分で漬けられたんですか？　いいわねえ。私、梅酒が大好きなの。お酒の中で、一番好き。梅はどこのものを使われたの？　やっぱり紀州産ですか？　お酒はホワイトリカー？　それともウイスキーかしら？」

翠子の目は、玩具を前にした子どものようにきらめいていた。その輝きに気圧《けお》され、美鶴は右手をそろそろとドアの内側に向けた。

「もしよろしければ、一杯、どうですか？」

「いいんですか？　お邪魔じゃない？」

「はい。まだたくさん残ってますから」

飲みきれなかったぶんは、チェックアウトの前に洗面所で捨てるつもりだった。瓶も、帰路のどこかで処分できたらと考えていた。そして、梅酒のことは金輪際《こんりんざい》忘れて、果実酒は二度と漬けない。そう心に決めて、美鶴はこの宿を訪れていた。

「そうねえ。一杯だけ、いただこうかしら」

翠子は左右にすばやく目をやり、ドアの隙間に身体を滑り込ませた。八十過ぎの人間の動きとは思えない俊敏さだ。美鶴も中に入る。入口正面の和室は襖が開け放たれ、記憶の数倍は散らかっていた。着替えや洗面道具は畳に投げ出されて、トレンチコートは床にだらしなく伸びている。座卓の上の梅酒瓶やペットボトルは、すべて蓋が開いていた。美鶴は大急ぎで片づけ、翠子に座椅子を勧めた。

湯飲みに梅酒をたらりと垂らす。いい色ですねえ、と翠子は目を細めて頷いた。そのままを味わいたいと言われ、水や湯で割らずに渡した。香りを存分に嗅いだのち、翠子は湯飲みに口をつけた。

「美味しい。すごく美味しいわ。とってもまろやか。これは何年ものですか？　五年以上は寝かされていますよね」

「六年です」

「まあ、六年も」

たった六年だと、声には出さずに反論した。五でも十でもない、中途半端な年に開けた理由や、わざわざ一人旅の宿に持ち込んだ経緯を問われるかと美鶴は身構えたが、翠子は、やっぱり深みが違います、と感心しただけだった。作り方は単純でも、自ら手がけたものを褒められるとやはり嬉しい。レードルを手に取り、美鶴はおかわりを勧めた。

「それなら、もう一杯だけ。いいですねえ、梅酒。実は、うちの庭にも立派な梅の木がありましてね、昔はその実を使って、梅酒や梅干しを漬けていたんですよ」

足を横に崩し、軽く頰杖をついて翠子は言った。頭皮まで桃色に染まり、目が少し潤《うる》んでいる。十一歳のときに亡くなった、母方の祖父の酔い方に似ていた。博識で、酒と煙草が好きな祖父だった。両親の仕事が忙しい時期には、この祖父の家によく預けられた。祖父の胡座《あぐら》の中で聞く歴史話が好きだった。

「どうして漬けなくなっちゃったんですか？」

もう飲まないほうがいいと頭では理解しつつも、つい自分の湯飲みに梅酒を入れた。翠子があまりに美味しそうに飲むため、つられたのかもしれない。旅館の電気ポットから湯を注ぎ、なるべくアルコールの濃度を薄める。息を吹きかけ、一口啜ると、指先に柔らかな熱が灯った。

「二十年前、主人が突然倒れたんです。息子が宿を継ぐことになってばたばたしているうちに、なんとなくね。梅の木は今でも毎年たくさんの実をつけてくれるんですけど。もったいないわよねえ」

肩からずり落ちたショールを直し、翠子は窓に顔を向けた。太陽は完全に姿を消し、外は暗い。川の音は相変わらず風の唸り声のようだ。温かい梅酒は春の始まりの匂いね、と、ふいに翠子が呟いた。

「そういえば、あなた、東京からいらっしゃったそうね」

振り返り、翠子は尋ねた。

「はい、そうです。東京から」

「いいわねえ。私も出身は東京なんですよ。よくお友だちと銀ブラしたわ。なんでも揃っていて、瞬きするたびに景色が変わるみたいで、歩いているだけでもとっても楽しかった。私ね、新しくて美しいものが好きなの。ここに嫁ぐ前は、親兄弟と離れることよりも、映画館やデパートのない町に暮らすことが辛くて、たくさん泣いたわ。でも、もう嫁いでからの時間のほうが、よっぽど長いのよねえ」

「お見合い結婚だったんですか？」

「そうです。夫にも子どもにも、仕事にも恵まれた結婚生活だったけれど、あのまま東京にいたら、今ごろどんな暮らしを送っていたのかしら、とはよく考えるわね」

ここで翠子は一拍置き、美鶴さん、と呼んだ。はい、と応じる声が、思いがけず上擦《うわず》る。美鶴の友だちは、ほとんど全員が、美鶴のことを、苗字の玉田《たまだ》から玉ちゃんと呼んでいる。俊太やその前に交際していた男からは、みっちゃん、と呼ばれていた。家族以外の人間が、下の名前をそのまま口にすることは滅多になかった。

「美鶴さんは、機械にはお詳しい？」

「機械っていうのは、どういう――」

「これよ、これ」

翠子はポケットに手を入れ、板状のものを印籠《いんろう》のように突き出した。

「ああ、スマホですか」

翠子の小さな手に収まっていたのは、真新しいスマートフォンだった。銀色のボディには傷ひとつついていない。しかも、高齢者向けに機能をシンプルにしたものではなく、人気機種の最新版のようだ。美鶴のものより二世代も新しい。

「スマホだったら、人並みには分かると思いますけど」

句読点の打ち方か、それともメッセージアプリの使い方か。今年で三十四歳になる美鶴は、高校入学のタイミングで親に携帯電話をねだり、就職後にスマートフォンに触れた世代だ。二十代の子のようには使いこなせないが、デジタル機器の進化を身体で感じてきたぶん、年配の人間がなにを分からないのか理解できた。実家に帰ったときには、親に説明する機会も多い。心持ち胸を張った。

「私ね、インスタントなんとかっていうのをやってみたいのよ」

「インスタント？」

「ほら、若い子に人気の。お洒落《しゃれ》な写真をみんなに見てもらうホームページよ」

「ええっ」

予想だにしなかった方向から答えが返ってきて、美鶴は目を瞬《しばたた》かせた。翠子が言っているのは、まず間違いなく、画像を共有して楽しむことが目的の、あのSNSだろう。数年前から日本でも本格的に流行《はや》り始め、今や若者の半数以上が利用していると、ニュースサイトで読んだことがあった。

「写真を載せたいんですか？」

今からSNSの使い方を覚えてなにになるのか。頭に浮かんだ疑問はさすがに打ち消

して、美鶴は尋ねた。翠子はその問いには答えなかった。首にかけていた銀縁の老眼鏡をかけて、

「今日の午前中に、このスマホンは買ってきたの。お店の方に、インスタントなんとかを登録するところまではやっていただいて、でも、ここから先が全然分からないのよ。フォローとか、フォロワーとか、どういう意味かしら」

そう言って、スマートフォンの待機モードを解除した。美鶴は翠子の隣に座布団を移し、手元を覗き込んだ。ユーザー名、スイ。このアカウントは、まだなにも投稿していない。フォローしている人の数も、フォロワーの数も、ゼロのままだった。

「あー、ちょっと待ってくださいね」

美鶴は腰を浮かせて、自分のスマートフォンを手に取った。人差し指ですばやく操作し、目的のページを画面に表示させる。温《ぬる》くなった梅酒を一口飲み、これが、と翠子に差し出した。

「私のアカウントなんですけど」

「あら。美鶴さんもやってらしたの？」

「そうですね。日記代わりと言いますか」

翠子は両手で美鶴のスマートフォンを受け取ると、ぎこちない手つきで画面をなぞり始めた。小ぶりのスイーツとサンドウィッチが行儀よく鎮座した、三段トレイのアフタ

ヌーンティー。ビルの三十六階から撮った豆粒のような街並みや、まるで蜘蛛《くも》の糸を縫いつけたような総刺繍のワンピース。正方形に切り取られた画像が、次から次に表示される。美鶴は写真が得意ではないが、それでも豪奢な雰囲気は伝わったらしい。まあ、と翠子が感激したように首を振った。

「素敵な写真ばかりねえ」

「最初の数枚だけですよ。それより前の画像は、かなり地味です。野良猫とか空とか、夕食に作った野菜炒めとか、そんなものばっかりで……。とりあえず、このアカウントをフォローしてみましょう。私もスイさんのフォロワーになりますから」

「そう呼ばれると、なんだか若いころに戻った気分ね」

翠子はくすぐったそうに笑った。

美鶴は自分の投稿が、タイムラインと呼ばれるホーム画面に現れることを翠子に確かめさせ、まずはフォローという単語を体感的に理解させた。次には画像をアップロードする方法と、キャプションのつけ方を教えた。意外にも翠子の覚えは早かった。女学生のころは数学が得意で、本当は大学に進みたかったという。旅館の帳簿も、十数年前からパソコンでつけていたそうだ。新しいものが好きだという話は、まんざら誇張ではないらしい。

「アイコンの意味さえ覚えれば、あとは簡単ですよ」

「そうね。画面を直接触って操作できるぶん、パソコンよりも覚えやすい気がするわ」

「さっそくなにかアップしてみてください」

どうしようかしら、と翠子はしばらくあたりを見回していたが、やがて梅酒瓶に目を留めた。

「これを撮っても構わない？」

「もちろんです」

さっそくカメラを起動させ、翠子はスマートフォンを梅酒瓶に近づけた。画面の下半分が赤銅《しやくどう》に染まる。照明の加減か、レンズ越しに見る液体は妙に赤っぽく、迫力があった。美鶴には充分魅力的な画像に思えたが、翠子は背景に写り込むテレビが気に入らないようだ。腕を伸ばしたり曲げたり、身体の角度を変えたりしながら、満足のいくアングルを探し始めた。その眼差しに、八十歳を超えて新しくなにかを始めることに対する躊躇《ちゆうちよ》や不安は感じられない。

美鶴は改めて自分のスマートフォンに目を落とした。SNSに投稿した画像を一点ずつ見返していく。この一ヶ月間に自分が触れた、きらびやかなものの数々。しかし、そのときどきで自分がどんな感想を抱いたか、全然思い出せない。他人のアカウントを覗いているみたいだと思う。

「写真を載せてみたんだけど、どうかしら」

「あっ、はい。今、見てみますね」

翠子の声で我に返り、画面をタイムラインに戻した。見慣れた梅酒瓶が最新画像に表示される。いつの間にか、翠子のショールが瓶の下に敷かれていた。全体を斜め上からアップで捉えていて、レース編みの白い花が、まるで梅酒の底に沈んでいるようだ。

「本当に、宝石の琥珀みたい」

琥珀は樹脂が地質作用によって固まった、化石の一種だ。昆虫や植物、気泡などを取り込んだまま固化したものも多く、美鶴はかつて、花弁入りの琥珀を祖父に見せてもらったことがある。この花は、数千万年前に咲いていたものなのか。そんなことを思い、うっとりした記憶がよみがえった。

「ただ撮っただけではつまらないと思ったの」

「あ、ちゃんとアップされてますよ。ほら」

美鶴が自分のスマートフォンを見せると、あら、できた、と翠子は笑った。フォロワー以外のユーザーもこの写真に辿り着けるよう、美鶴はタグのつけ方を教えた。この機能を使えばお友だちが増やせそうね、と、翠子が老眼鏡のフレームを指で押し上げる。

そのとき、部屋のドアがノックされた。

「お邪魔いたします。お食事をお持ちいたしました」

「あら、どうしましょう」

スマートフォンから顔を上げて、翠子が眉をひそめた。現役でないとはいえ、半年前まで旅館の顔だった人間が、客の部屋で飲んでいたと知られてはまずいのだろう。困惑した面持ちで入口のほうを見つめている。美鶴はとっさに、

「はーい、ちょっと待ってくださーい」

と、大声を上げた。

「私に任せてください」

梅酒瓶の下のショールを引き抜く。それと共に、しばらくここにいてください、と翠子を寝室に押し込んだ。和室に戻り、大急ぎで部屋を整える。ペットボトルや梅酒瓶は冷蔵庫に入れて、三和土《たたき》にあった翠子の靴も、抜かりなく下駄箱の中に移した。乱れた髪と浴衣を直しながら、恋愛漫画みたい、と美鶴は思った。恋人をこっそり家に上げたところで親が帰宅し、慌てて彼を隠している主人公のようだ。緩みそうになる口元に力を込め、

「お待たせしました。どうぞ」

と、ドアに向かって声をかけた。

「失礼いたします。玉田さま、お加減はいかがですか?」

配膳ワゴンを押して現れたのは、チェックインの際にこの部屋まで案内してくれた、あの仲居だった。お食事をご準備いたしますので、どうぞ座ってお待ちください、と、

ワゴンを三和土に止め、仲居は料理の載った盆に手を伸ばした。

「先ほどはご迷惑をおかけしました。おかげさまで、体調はすっかりいいです」

「それはなによりでございます。ご無理なさらず、ゆっくり召し上がってくださいね」

座卓に前菜と先付《さきづけ》が並んだ。胡麻豆腐に、柚子寿司、くわい、福豆、子持ち昆布。和紙に書かれた品書きに沿って、仲居が説明していく。一口大の料理が和食器の中で身を寄せ合っているさまには、愛らしさが溢れていた。

「うわあ、美味しそう」

「ありがとうございます。それでは、これから順にお料理をお持ちいたしますね」

「お願いします」

仲居が部屋を出て行ったのを確認して、美鶴は寝室のドアを開けた。翠子は片方のベッドに仰向けの姿勢で横たわっていた。ぎょっとして駆け寄り、彼女の顔を覗き込む。翠子の弛《たる》んだ瞼は閉じていて、縦皺の寄った唇は安らかな寝息を立てていた。そういえば、祖父も酒が好きなわりに酔うと眠くなる人だった、と思い出す。

「びっくりした……」

翠子に布団をかけて、和室に戻った。いただきます、と手を合わせ、食事を始める。

前菜も先付も薄味ながら滋味に富み、しみじみするほど美味しかった。金目鯛の煮つけや刺身、カブとカリフラワーのホワイトソース煮、黒毛和牛のステーキ、炊き込みご飯、それにデザートのイチゴまで、美鶴はきれいに平らげた。

仲居が夕食の片づけを終えると、美鶴はふたたび寝室を覗いた。数十分前と変わらない体勢で、翠子は気持ちよさそうに眠っていた。さて、これからどうしようか。美鶴はもう一方のベッドに腰を下ろす。翠子を起こすべきか、それとも、このまま寝かせてやったほうがいいのか。迷いながら、重力に導かれるように上半身を倒す。急激に瞼が重くなり、意識が明滅を始めた。ああ、だめだ。美鶴は眠気に逆らおうとするが、指の一本も動かない。もう一度大浴場に行きたい、今度こそ露天風呂に浸かりたい、梅酒もまだまだ飲みたいし、それが無理なら、最低でも歯を磨いて、朝風呂に入れるようにアラームをセットして——。

ああ、私、この期《ご》に及んで虫歯のことなんか気にするんだな。

眠りに落ちる寸前、そんな考えが泡のように浮かび、美鶴はかすかに口角を上げた。


好きなおかずは、最後までとっておく子どもだった。

夏休みの宿題は、毎年八月の前半には終わらせていた。生地がへたれるのが嫌で、ほとんど着ないうちにサイズや趣味が合わなくなった服は数え切れない。人との待ち合わせには、約束の二十分前に着けるよう家を出た。節約と栄養バランスを気にして、食事は基本的に自炊している。翌日に影響するのが怖くて、これまでは深酒をしたこともない。当然、生牡蠣《なまがき》なども食べたことがなかった。

安心と安定と安全を心がけて生きてきた。だから、胸部X線の項目に要再検査の文字を見つけたときには、世界が引っ繰り返るような衝撃を受けた。美鶴が健康診断で引っかかったのは、これが初めてのことだった。すぐさまインターネットで詳細を調べ、肺癌《がん》の可能性があることを知った。もちろん、レントゲンに写った影は、単なる血管と骨の重なりや、良性の腫瘍、肺癌以外の病気の可能性もある。また、実際に治療が必要となる確率は、再検査を勧告された人間の、ほんの数パーセントに過ぎないという文章の意味も、頭では理解していた。しかし、ヤニで茶色くなった壁や天井、紫煙《しえん》の中で飄々《ひょうひょう》と笑う顔が、脳裏から離れなかった。大好きだった祖父の死因は、肺癌だった。

自分は一体、なにを守りたかったのか。大学時代にアルバイトを始めて以来、銀行の預金口座の数字は、着実に増やしてきた。有給休暇は、必要最低限にしか使ったことがない。冬の雨の日に、誘惑に駆られながらも踏み切れなかったタクシーや、友だちから海外旅行に誘われ、断ったこと。そして、俊太と岡山に行く踏ん切りがどうしてもつけられなかったこと。いくつもの後悔が脳裏に浮かんだ。

もとのような関係に戻れなくてもいい。ただ、もう一度だけ会いたい。

その思いが砕け、俊太と自分の線は二度と交わらないと悟ったとき、いつか、ここぞというときが来たら、と溜め続けていた美鶴の願望は、一気に解き放たれた。休日は三ヶ月先まで予約が取れないと評判のアフタヌーンティーに、高級ホテルのビュッフェに、カウンター席しかない回らない寿司屋に、有給休暇を使って訪れ、憧れのブランド店に行っては着ていく当てのないワンピースを買った。ショートケーキのてっぺんのイチゴだけを、片っ端から食べていくような日々を過ごした。

老舗旅館に泊まろうと思いついたのも、このころだ。長期熟成中の梅酒を開ける、いい機会だとも思った。六年前、幼馴染みの結婚式に出席したのを機に、人生の節目で飲めるような果実酒を作ろうと仕込んだもので、三十年、いや、五十年以上の熟成を本気で目指して、洗った実はひとつひとつ丁寧に水気を拭《ぬぐ》った。瓶は念入りに殺菌消毒し、氷砂糖も多めに入れた。

その一週間後に俊太と出会ったのだ。この梅酒を飲むときには、そばに俊太もいるに違いないと、なんの疑いもなく信じていたころが、まるで前世の記憶のように遠い。

身体を起こすと同時に、肌に寒気が走った。はだけた浴衣を直して、軽く咳き込む。ひきつれたような喉の具合に、ここが自分の部屋ではないことを思い出した。ヘッドボードのデジタル時計は、五時五十二分を知らせている。窓の外では鳥がさえずっていた。

「スイさん?」

隣のベッドを見遣り、かすれた声で呼びかけた。応答はない。マットレスのシーツはぴんと張られていて、掛け布団や枕の位置も、ベッドメイキングされたばかりのようだ。美鶴はベッドから降りて、和室と洗面所を覗いた。やはり誰もいない。下駄箱にも、自分以外の履き物はなかった。翠子と酒を飲んだ記憶があるが、あれは夢だったのか。

釈然としない気持ちを抱きながらも、せっかく早起きしたのだからと、大浴場へ向かった。ほかに客の姿はなく、美鶴は早朝の露天風呂を堪能した。脱衣所で洋服に着替え、コーヒー牛乳を飲んでいたとき、ふと、SNSを確かめればいいことに思い当たった。スマートフォンは脱衣所に持ってきていた。籐製の椅子に腰を下ろし、自分のアカウントに繋ぐ。果たして、フォロワー覧にスイの名はあった。昨晩、翠子が撮った梅酒瓶の写真も、タイムラインに残っていた。

「夢じゃなかった」

ほっとして葵の間に戻ると、七時十分前だった。美鶴は朝食を七時に部屋食で予約していた。食事は間もなく運ばれてきた。おひつに入ったほかほかのご飯に、焼き魚、煮物、茶碗蒸し、味噌汁、梅干し、しらすおろし、漬けもの。全部食べた。すっかりお元気そうですね、と皿を下げながら、仲居は嬉しそうに笑った。

帰り支度をしていたとき、遠慮がちなノックの音がした。

「美鶴さん、まだいらっしゃいますか？」

「は、はい」

この名で自分を呼ぶのは、あの人しかいない。美鶴は急いでドアを開けた。グレーのセーターに白いパンツを穿き、昨日と同じショールを肩に掛けた翠子が、どこか所在なげに立っていた。美鶴の顔を見るなり、すまなそうに首をすくめ、

「昨晩はごめんなさいね。私ったら、すっかり眠ってしまって……」

「明け方に起きたらいらっしゃらなかったので、びっくりしました」

「目が覚めたのが夜中だったんです。美鶴さんを起こすのが申し訳なくて、こっそり自宅に。東京へは、これからお帰りですか？」

「はい。準備ができたらチェックアウトしようと思っていたところでした」

美鶴は翠子を中に招いた。立ち話では落ち着かないだろうと思ったからだ。しかし、翠子は部屋にこそ入ったものの、靴を脱ごうとしなかった。三和土に立ったまま、小さな包みを差し出した。

「お口に合うか分かりませんけれど」

「開けてみてもいいですか？」

「もちろん」

包みは握り拳ほどの大きさで、薄い桃色のハンカチに包まれていた。見た目に反して重みがある。美鶴はその場で結び目をほどいた。蓋にジャムメーカーのロゴの入った瓶が、中から現れる。ガラスの内側には、胡桃《くるみ》のような色合いの、しわしわとした塊《かたまり》が

五つ収まっていた。

「これは……梅干し？」

「この旅館の女将を継いだ年に、私が漬けました。だから、四十年ものになりますね」

「そんな貴重なもの、いいんですか？」

「梅酒と、スマホンの使い方を教えていただいたお礼です。ただし、とっても塩辛いから、気をつけて召し上がってね」

「あ、ありがとうございます」

小瓶をハムスターのように抱えて頭を下げた。果実酒作りを趣味にしたことで、時間がいかに絶対的なものかということを、美鶴は身をもって知った。熟成に半年かかるものには、必ず半年ぶんの時間が必要だ。早送りやスキップはできない。四十年ものの梅干しを、翠子は二度と作れないはずだ。

「美鶴さん、死んじゃだめよ」

低い声で忠告され、美鶴はふと顔を上げた。翠子と視線がぶつかる。皺だらけの瞼と、まばらで短い睫毛《まつげ》に囲まれた目。この目で翠子はなにを見ているのか。もしかして、これから始まろうとしている闘病生活を励ましているのか。美鶴が畏怖《いふ》めいたものを覚えた次の瞬間だった。翠子が重々しく頷いた。

「人は何回でも、いつからでも、新しく生きられます。過去は変えられなくても、いくつもの失敗を経て、しなやかで豊かな人生に作り替えることはできますから。どうか自棄《やけ》にならないで」

「あの……スイさん？」

どうにも話が嚙み合わない。一転して戸惑う美鶴に、翠子も気がついたようだ。表情から深刻さが消え、すばやく両手を擦《こす》り合わせる。それから、なにかを取り繕うようにショールを羽織り直した。

「美鶴さん、死ぬつもりだったんじゃないの？」

「ち、違いますよ。私、そんなことしませんっ」

「ああ、よかった。一人旅なのに、随分無茶なお酒の飲み方をしていたものだから、てっきり……。でも、違ったのね。本当によかった」

すべては昨晩の泥酔が誤解の原因だったようだ。美鶴は項垂《うなだ》れるように頭を下げた。

そもそも仕込んだ瓶ごと梅酒をバッグに詰めて、旅に出ようと思いついたことが間違っていたのだ。と、ひとつの考えが閃《ひらめ》き、ちょっと待っててください、と和室に駆け込んだ。もらった梅干しを座卓に置き、代わりに梅酒瓶を手にして、ドアの前に戻る。目を丸くした翠子が口を開くより先に、

「これ、よかったら。残りものですけど」

と、瓶を差し出した。

「いいんですか？　せっかくの六年ものを」

「はい、また漬けますから。また漬けられるように、私、頑張りますから」

医学は日々進歩している。癌は不治の病ではなくなった。だいたい、異状を初期段階で発見し、早めに対処するための健康診断ではないか。だから、私は大丈夫。美鶴は胸中で自分に言い聞かせた。

「ありがとう。いただきます」

翠子は目尻の皺をさらに深くして喜んだ。両腕の塞がった彼女に代わり、美鶴は部屋のドアを開ける。浴衣を着た中年の男女が、ちょうど葵の間の前を通り過ぎるところだった。二人は美鶴たちを一瞥《いちべつ》したが、すぐに前に向き直り、談笑しながら遠ざかっていった。大きな瓶を抱えた老女を見ても、特に疑問は抱かなかったらしい。廊下に出た翠子が、少女のような仕草で振り返る。

「美鶴さんにはスマホの中で会えるから、これでお別れじゃないわね」

「はい、お別れじゃないです」

美鶴は力いっぱい頷いた。

＊

全身の、特に肩あたりから力が抜けて、美鶴は頭の中から言葉が霧散したのを感じた。へ？　と吐息をたっぷり含んだ音が口から漏れる。

「このへんにあった影、確かにちょっと怪しかったんだよね。だけど、ＣＴ検査の結果ではなんともなかったから」

パソコンのモニターに目を向けたまま、医師は呑気な口調で言った。デスクの半分以上を占める液晶モニターには、切り株のようにも見える白黒の画像が映し出されている。中央下部に、一際白く映っているのが背骨か。これが自分の胸部の断面であることが、美鶴には上手く飲み込めない。

「来年の健康診断も、同じことで引っかかるかもしれないね。そのときにはまた精密検査をしましょう。早期発見できればラッキー、今回みたいに異状が見つからなければ、それはそれでいいんだから」

キャスターつきの椅子を回転させ、医師は美鶴に向き直った。四十代なかばと思《おぼ》しきこの男性医師は、丸々としていて背が低い。足も短く、まるで大人の椅子に無理して腰掛けた子どものようだ。それでも呼吸器の専門医としての評判は高く、美鶴は一ヶ月待ちで、この病院に予約を入れたのだった。

分厚いレンズの向こうから、医師が訝《いぶか》しげな目でこちらを見ている。診察室に入って以来、自分が相槌らしい相槌を打っていなかったことに気づいた。はい、と慌てて返事をした。

「じゃあ、お大事に」

なかば放心状態で待合室の長椅子に腰を下ろした。くすんだ水色の座面が柔らかく沈み込む。人々のざわめきと、壁に掛けられた液晶テレビの光。少しずついつもの感覚に戻っていくようだ。美鶴はスマートフォンを取り出し、SNSアプリを起《た》ち上げた。タイムラインに新たに現れた画像のうち、江戸切子のようなグラスに梅の実の入った写真が目に留まった。その背後には、かごに山盛りになった青梅。屋外で撮られたものらしく、画面の上半分を青々とした空が占めている。

おうちのお庭で穫れました。おばあちゃんに教えてもらって、今年は初めての梅酒作りにチャレンジいたします。

たくさんのタグが貼られ、絵文字も飛び交い、この画像のキャプション欄はとてもにぎやかだ。一見して、若々しい雰囲気が漂っている。だが、小さな違和感が拭いきれない。おうち、お庭、チャレンジいたします。詰めが甘いよ、と美鶴は笑いを堪えた。スイのプロフィールに改めて目を通す。都内に住む、美味しい食べものと可愛いものが大好きな、二十代のOLと、そこには記されている。若い女になりすまして、翠子がSNSを更新し始めたときには驚いた。人を騙すことに手を貸したような後ろめたさも感じた。だが、近ごろはスイの更新が待ち遠しくて仕方がない。美鶴は心を込めて、スイちゃんが作った梅酒、いつか私も飲みたいな、とコメントをつけた。

玉田さーん、と会計カウンターから自分を呼ぶ声が聞こえた。

君の線、僕の点

ジジジ、と瀕死《ひんし》の蟬《せみ》が足搔《あが》いているような音がしたら、それは正午を迎える合図だ。反射的に強張った肩をやや前方に傾け、目元に力を込める。キーボードを叩く指にも神経を張り巡らせて、とにかく仕事に集中しているふりをした。モニターの光が網膜を痛めつけるようだ。それでも眉をひそめて、晴希《はるき》は顧客情報を埋め続けた。

チャイムが鳴った。フロア中の社員が一斉に身体を大きく動かす。伸びをする者、肩を回す者、さっさと立ち上がる者。五年前に新卒でこの会社に入るまで、晴希は社会人もチャイムに合わせて行動するとは思ってもいなかった。だが、スピーカーは晴希の席の真上にあり、鳴る直前に漏れ出す小さなノイズまで、学生時代を管理していたものとよく似ていた。

「ねえ、今日はどうする？」

「水曜だから、あの本屋の向かいのイタリアンがいいんじゃない？」

「あ、そっか。レディースランチの日か。混むかなあ」

「おい、蕎麦《そば》屋に行くけど、おまえも行くか？」

「先輩のおごりですか？」

「ばーか。なんで俺がおごんなきゃいけねえんだよ」

磁力が働いているかのように人と人がくっつき、小さなグループが作られていく様子を晴希は背中で感じている。連れ立ってコンビニエンスストアへ出かけたり、ミーティング用の大きなテーブルに手製の弁当を持って集まったり。自分はこの人と仲良くなれると、どうしてみんな分かるのだろう。どこで判断するのだろう。いつもの疑問が今日も胸に湧く。晴希は慌てて顎を引き、一層強くキーボードを叩いた。

「小宮山《こみやま》くん、昼休みは？　それ、急ぎなの？」

長財布を手にした上司の松岡《まつおか》が、晴希のモニターを覗き込んで尋ねた。

「いえ、あ、あの、ちょうどやり始めちゃって、この入力が終わったらいただきます」

「ちゃんと取ってねー」

「は、はい」

晴希が頷くより早く、松岡は自身の同期と肩を並べて去って行った。先週末に催された社内フットサル大会の結果について、楽しそうに話す声が聞こえてくる。晴希はひとつ息を吐き、パソコンに向き直った。自分を除いた販売管理部の五人が席を離れたのを見計らい、データを保存する。チノパンのポケットに財布とスマートフォンを入れて立ち上がった。

晴希の勤める介護用品の通信販売会社は、都心に立つオフィスビルの八階に入っている。設立は十五年前で、従業員数は約四十。主戦力は二、三十代と若く、労働環境の向上にも熱心に取り組んでいる。就職活動時の採用情報でも、働きやすさと従業員同士の仲の良さを全面的にアピールしていた。

エレベーターで一階に下り、ビルの裏手に回った。七月の強い日差しから逃れるように、小走りで路地に入る。乱雑に置かれた鉢は、日に日に葉が茂っているようだ。古びた木製のドアを開けた。酸化した油のような臭いが鼻を突く。店は狭く、客の入りもまばらだったが、カウンターで作業をしている店員は晴希に気づかない。エプロンの蝶結びに向かって、

「あ、あのう」

と声をかけた。

「あ、いらっしゃい。一人？」

頭に三角巾を被った中年の女性店員が、右手の人差し指を立てて尋ねた。はい、と答え、ようやく二人掛けのテーブルに通される。和食がメインのはずが、この定食屋の床は常にぺとぺとしている。壁掛けのテレビは小さく、それを消音かつ字幕表示にしているため、席によってはまったく役に立たない。安くて、会社の人と鉢合わせしないこと。このふたつを条件に探した店だった。三年ほど前から週に二、三度、晴希はここで昼食を摂っている。

「日替わりをお願いします」

メニューを見ずに注文した。なにを頼んでも、どうせさほど美味《おい》しくないのだ。晴希がこの店を気に入ったもうひとつの理由が、一人客が多いことだった。社内に仲のいい人間がいないという現実を、二、三年前からフットサルやバーベキューなどのイベントに呼ばれなくなった惨めさを、ここにいれば感じなくて済んだ。

「はい、日替わりね」

店員がすぐさま鰺《あじ》フライ定食の載ったトレイを運んできた。いただきます、と手を合わせる。椀に口をつけ、ぬるい味噌汁を啜った。なにかを飲むときには、目にかかるまで伸ばした前髪が邪魔になる。箸を持ったまま、右手で軽く横に払った。

友だちが作れない。子どものころからそうだった。大所帯グループの末席に滑り込むことで、小中高のときは孤立こそ回避したものの、休日に共に遊びに出かけるような相手はついぞ作れなかった。集団で過ごすことを強制されない大学に進んでからは、一言も口を利かない日のほうが多かった。一人きりで学食を利用するのが辛く、トイレの個室でパンを口に詰め込み、昼食を終わらせることもしばしばだった。

人と目を合わせられないからだめなのか。それとも、根が暗いからか。就職活動もことごとく失敗し、今の会社に受かったのは、大学時代にも通信販売会社でアルバイトをしていたからだ。受発注データを管理しているシステムが同じと分かり、即戦力になることを見込まれて、採用された。仕事ぶりは評価されているほうだろう。会社や仕事に大きな不満はない。だが、雑談できる相手のいない日々は、心を少しずつ乾燥させていった。

定食を平らげ、スマートフォンで時間を確認すると、十二時四十一分。昼休みが終わるまでには、あと二十分近くある。テレビが観られる席だったのをいいことに、しばらく情報番組を眺めて過ごした。液晶画面に映る有名人は、皆、自分に自信があるように見える。やはり容姿に難がないからか。そんなことを考えているうちに、画面左上の数字は12：53になっていた。急いで代金を支払い、外に出た。

小走りで五十メートルほど進んだところで、ポケットの中身が妙に軽いことに気がついた。あっ、と声が出る。スマートフォンだ。店に置き忘れた。晴希は情けない気持ちで道を引き返し、先ほど閉めたばかりのドアを開けた。

「ねえ、これ、忘れもの。どうしようか」

店員が厨房に向かって声を張り上げているのが見えた。彼女の右手に握られているのは、まぎれもなく自分のスマートフォンだ。もう五年以上も使い続けている西陣織のストラップがぶら下がっている。すみません、と晴希は声を出した。だが、常連さんのか？　と厨房から応える男の声に、呆気なく掻き消された。

「そうそう、あのホクロの人。あんた、あの人の勤め先とか知らないよね？」

「あー、ホクロの人か。どこに勤めてるのかまでは知らないなあ。本人が気づいて取りに来るか、電話がかかってくるまでうちに置いておくしかないだろ」

もう一度声を上げることは、晴希にはできなかった。足も動かせない。強い力でこめかみを殴られたように、脳みそが痺れている。店にいた男性客の一人が、奥さん、と店員を呼んだ。振り返った彼女の目が晴希を捉えた。

「あー、お客さん。これ、忘れたでしょう」

気がついてよかったねえ、と大口を開けて笑い、店員はスマートフォンを差し出した。それを両手で受け取り、晴希は無言で頭を下げる。また来てね、と見送られながら再度店を出た。もう来ません、と思ったが、もちろん口には出さなかった。

俯き、力ない足取りで路地を行く。ホクロの人。店員の声が頭の中に響いている。鼻のつけ根の少し上にある、丸まったダンゴムシをくっつけたようなホクロは、幼いころから晴希のコンプレックスだ。中学を卒業してからは、前髪を伸ばすことでごまかしてきたが、一、二度しかまともに顔を合わせたことのない厨房の男にまで知られていた。足がさらに重くなった。

相手の目を見て話すべし。一時期必死に読み漁《あさ》った、コミュニケーションについて書かれた本は、どれもそう説いていた。でも無理だ。自分にはできない。人と顔を合わせると、相手の視線が自分の鼻のつけ根あたりに集中するのを感じる。うわ。でかいな。

気の毒に。彼らの心の声が生々しく聞こえてくるようで、居たたまれなくなる。

平らな道で躓《つまず》きかけて、いよいよ立ち止まった。このままでは一時までにオフィスに戻れないと分かりながらも、足は動かない。


返品の手続きに手間取り、いつもより遅く、夜七時半に退社した。六日前、一人暮らしの八十代女性に、息子夫婦がサプライズプレゼントとして杖を送った。だが、こんなものは必要ないから引き取ってほしいと主張する女性と、本人はそう言うが、母の足腰はだいぶ弱ってきている、返品を受けつけないでほしいと主張する息子のあいだで、顧客窓口担当の新人が板挟みになっていたのだ。結局、晴希が電話で一時間以上も女性の愚痴を聞き続けたことで、返品依頼は取り下げられた。電話応対は得意だ。相手の視線を気にしなくて済むところがいい。

電車に四十分ほど揺られ、郊外の自宅へ帰った。晴希は生まれ育った家に、両親と三人で暮らしている。一人暮らしを望んだことは一度もなく、また、思ったところで、今の給料では厳しい生活になることは目に見えていた。一人の時間を持て余すことになるだけだろうという予感もあった。

塗料の剝がれた門扉《もんぴ》の取っ手に手を掛けたとき、

「晴っ」

上から声が降ってきた。隣家のベランダに蛍の光よりも小さな火が点《とも》っている。その背後の人影は、片手をひらひらと左右に振っているようだ。細く立ち上る煙に向かって、

「七《なな》ちゃん？」

と、晴希は叫んだ。

「どうしたの？　いつ帰ってきたの？」

「晴は今まで仕事だったの？」

「そうだよ」

「今、そっちに行くから、動かないでよ。動いたら殺すからね」

数十秒後、隣家のドアが開き、だらんとしたシルエットのTシャツに、てろんとした生地のガウチョパンツを穿いた七夏《ななか》が出てきた。足元はサンダルで、煙草はもう指に挟んでいない。七夏は肩まで伸びた髪を触りながら、

「あ、晴、動いた」

「動いてないよ」

「一ミリも？　一ミリも動いてないって誓える？」

なにに？　と思ったが、尋ねることはできなかった。七夏にはあらゆる面で勝てない。勝てたことがない。たとえ腕相撲で勝負しても、七夏に一睨みされれば、たちまち身体中から力が抜けるだろう。絶対的な立場の差が脳に刷り込まれていた。

「うわ、晴がポロシャツ着てチノパン穿いてる」

「これは、うちの会社がビジネスカジュアルで――」

「なあんだ、おじさんのコスプレかと思った。全然似合ってないね」

どこで買ったの？　なんでこの色なの？　晴の色彩感覚は死んでるの？　続く質問は不正を追及するかのようだ。それでいて目はネズミをいたぶる猫のようにぎらついている。七夏が本気で答えを求めていないことは分かっていた。七ちゃんが帰ってたなんて、全然気がつかなかったよ、と晴希は強引に話題を変えた。

「まあ、昨日帰ってきたばかりだからね」

「そうなんだ。いつまでこっちにいるの？」

「なにその質問。いつまでいたっていいでしょう。私の実家なんだから」

七夏は薄い唇を尖らせた。

「え、でも、山崎《やまざき》さんは？」

「別れた」

「別れた？」

晴希は七夏の手に目を遣った。確かに指輪がひとつもついていない。二年前に散々自慢された大きなダイヤモンドのそれも、左手の薬指から外されていた。山崎は七夏の一回り年上で、エステサロンとネイルサロンの経営者だ。彼が借りている高層マンションの一室に、七夏は十年近く暮らしていたことになる。星屑をちりばめたような夜景から高級キッチン用品まで、きらびやかな写真が晴希のスマートフォンにはときどき届き、てっきり満ち足りた生活を送っているものだと思っていた。

「ま、既婚者とこれ以上付き合い続けても、未来がないからね」

相槌に困り、笑顔を貼りつけ頷いた。七夏の誕生日は七夕だ。目の前の幼馴染みが一週間前に三十三歳になったことに、晴希は唐突に気がついた。だが、今更お祝いの言葉を述べても怒られるだけだ。もともと七夏は年を重ねることにあまりいい思いを抱いていない。二十代になる前に死にたいと、かつては頻繁にこぼしていた。

「ねえ、晴」

七夏の目からは意地悪な光が消えていた。

「なに?」

「私、どこか変わったと思う?」

七夏はその場でくるりと回った。Tシャツとガウチョパンツの裾がふわりと広がる。そういえば、こんなにゆったりした服装の七夏を見るのは、久しぶりかもしれない。特に夏場は、抜群に均衡の取れたスタイルを強調するかのように、タイトなTシャツやタンクトップばかりを着ていた。だが、訊かれているのはそういうことではないだろう。服が違うと答えたら、たぶん本気で殴られる。晴希は七夏の顔を見つめた。

「えっと」

「うん」

「えっとね」

七夏の瞼《まぶた》はペンで線を書いたようなきれいな二重《ふたえ》だ。これが美容整形によるものだということを、晴希は知っている。十三年前、モデル事務所のオーディションに合格するために、七夏は瞼を手術していた。腫れが引いたあとの顔も、七夏の母親を除いては、おそらく自分が最初に目にしているはずだ。

「はい、あと三秒ね。三、二、一」

「ま、眉毛が薄くなった」

「馬鹿じゃないの。それは化粧してないからだよ」

七夏は忌々《いまいま》しそうに顔をしかめた。ごめん、と晴希は小声で謝る。と、七夏の右手がふいに動いた。

「美味しそうなぶどう、発見」

あ、と思ったときには、七夏の親指と人差し指が鼻のつけ根のホクロに触れていた。

晴希は背を反らせて、強く摘まれることから懸命に逃れる。物心ついたころから、七夏は晴希のホクロをぶどうと呼んでいた。つつかれたり押されたり、いじられることもしょっちゅうだった。

「うわ、晴のくせに生意気」

「だって、触ると大きくなるって、お姉ちゃんが」

「あ、史奈《ふみな》は元気？　結婚生活はまだ続いてる？」

「続いてるよ。十一月に子どもが生まれるって」

「へー、弟はいまだ童貞だっていうのに、史奈はママか。小うるさい母親になるのが目に見えてるね」

今も胎教にいいCDとか聴いてるんじゃないの、と言いながら、七夏は嬉しそうに笑った。こういうときの顔つきは、瞼が変わる前と同じだ。整形手術を受けたあと、七夏はこれでオーディションに受かると大喜びしていた。それまで無敵のように見えていた七夏にも実はコンプレックスがあったこと、瞼に線が一本増えただけで、人はこれほど自信が得られるということに、晴希は内心で驚いたものだった。

「ママかあ」

七夏が呟く。やや感傷的になっている気配を感じて、晴希の胸はかすかにざわついた。七夏と目が合う。なに、と、二本の薄い眉のあいだにたちまち皺が寄る。なんでもない。晴希は首を横に振った。七夏は一瞬、気まずそうに視線を下げたが、やがて、観たいテレビが始まるから、と言い放ち、そそくさと家に戻っていった。

七夏の父親が病気で亡くなったのは、二十五年前、彼女が八歳のときだ。夫の死を機に再就職した七夏の母親を少しでも手助けしようと、晴希の母親は、放課後の七夏を自宅で預かることにした。自分の長女の同級生、しかも幼馴染みの七夏を、とても放ってはおけなかったのだろう。晴希にとって七夏は、夕方になると現れる、もう一人の姉のような存在だった。

二人の姉はとにかく性格が相容《あい い》れなかった。気が強く優等生な史奈と粗暴な七夏は、宿題をやったとかやらないとか、ドアを閉める音がうるさいとかうるさくないとか、毎日のように喧嘩を繰り広げた。いつの間にか七夏は、同学年の史奈とではなく、六歳下の晴希とばかり遊ぶようになった。高校に進学すると、小宮山家を訪れる頻度はぐんと減ったが、家の前や公園で、七夏は晴希を見つけるなり、マシンガンのように喋った。

だから、七夏が中学生のころからモデルに憧れていたことを晴希は知っている。瞼を二重に変えて挑んだオーディションにはあっさり落ちたことも、その場で君は背中がきれいだからと、パーツモデル部門にスカウトされたことも、もちろん知っている。七夏の白くすべすべとした背中は順調に仕事を勝ち取り、ある日、エステサロンのCMに出演したことをきっかけに、山崎との交際が始まった。その詳細な経緯も聞かされていた。

自室のベッドに寝転がり、晴希は七夏との思い出を回想する。七夏は口こそ悪かったものの、晴希の親には親切で、家事をよく手伝っていた。七夏主導で両親の結婚記念日を祝ったこともある。膨らまなかったスポンジケーキと両親の笑顔の対比が、吐息を誘うほど懐かしい。七夏がいると宿題に集中できないとふてくされてばかりいた史奈も、心のどこかでは七夏の思いつきに巻き込まれることを楽しんでいたような気がする。二軒の家のベランダに糸電話を渡し、会話を試みたこと。夏祭りで捕ってきた金魚をバケツで育てたこと。そして、整形手術を受けると宣言された日のこと。瞼に麻酔を打つという話がとにかく恐ろしく、当時中学生だった晴希は必死に止めた。しかし、ぱっちり二重の晴には私の気持ちは分からない、と怒鳴り返され、それ以上はなにも言えなくなったのだった。

整形。

突如脳裏に弾けた言葉に、晴希は上半身を起こした。なぜ今まで思いつかなかったのだろう。瞼を二重に変えられるのだ。ホクロも手術で取れるかもしれない。枕元のスマートフォンを摑み、まずはホクロと検索欄に入力した。大勢から併せて検索されている単語として、除去の二文字がすぐさま表示される。ホクロを取り除きたがっている人は、この世にたくさんいる。それだけで勇気づけられる思いがした。

晴希が求めていた情報は、インターネットの世界にすべて転がっていた。料金の相場から除去の方法、その後のケアの仕方まで、多くのクリニックがホームページで開示していた。手術代は一ミリあたりの大きさで設定されている場合が多いようだ。振り込まれたばかりの夏のボーナスを切り崩すことも覚悟していたが、想定よりも断然安い。二十七年ぶんの苦しみと決別するための金額がこれかと、晴希はしばらく唖然とした。

ベッドにスマートフォンを戻して、ふたたび寝転がる。右手の人差し指で、鼻のつけ根の膨らみにそっと触れた。ダンゴムシだ鼻くそだ、あいつに近寄るとうつるぞ、などと散々からかわれたこれと、もうすぐ別れられる。鬱陶《うっとう》しさを我慢して前髪を伸ばす必要もなくなり、人の目を見て話せるようになるはずだ。そうすれば、きっと——。

甘やかな想像に身をゆだね、目を閉じた。晴、見て、目が大きくなったみたいでしょう。全身から喜びを溢れさせていたあの日の七夏が瞼の裏に浮かび上がり、泡のように消えた。

通勤電車の沿線にあり、仕事帰りに寄れること、ホームページでホクロ除去手術の症例数を誇っていることを条件に、手術を受ける美容皮膚科を選んだ。金曜日、会社帰りの午後五時五十分、繁華街のある駅に降り立った晴希は、スマートフォンの道案内に従って、四階建ての白っぽいビルに無事到着した。目的地は三階だ。エレベーターを利用するか、それとも外階段を使うか迷ったが、人と乗り合わせるのが嫌で、結局足を使うことにした。

クリニックの待合室は、ホテルのラウンジのようだった。白と焦げ茶を基調に内装は整えられて、壁のように大きな液晶テレビに、雑誌類が豊富に差してあるマガジンラック、ちょっとしたドリンクコーナーまである。受付スタッフに指示されるまま、晴希は問診票の欄を埋めた。晴希のほかには二人の患者がいた。どちらもマスクで顔の下半分を覆っている。もしかしてこの二人も、と、つい邪推した。

予約制だったため、待ち時間は短かった。担当医は女性で、真っ白い肌にはシミも皺もなく、子どもの肌のようにつるんとしていた。しかし、声には年齢が感じられて、晴希は彼女の美に対する執念を見たような気がした。だが、抵抗は感じない。むしろ、拍手を送りたい気持ちになる。科学技術で悩みを解決できるのなら、それは素晴らしいことだ。メスで癌《がん》を取り除くことと、注射で肌に張りをもたらすことのあいだに、さほど大きな違いがあるとは思えない。人間は幸福な生のために、文化や文明を進歩させてきたのだ。

「ホクロの除去をご希望ですね」

「はい」

「取り除きたいホクロに、こちらのペンで印をつけていただけますか」

晴希は左手で手鏡を、右手で青いペンを受け取った。前髪を左右に分けて、ペン先を鼻のつけ根に向ける。平らでないのと目頭が近いのとで、ホクロを囲むのが難しそうだ。どこから印をつけ始めようか思案していると、医師が納得したような声を上げた。

「そこですね、分かりました。ほかに取りたいホクロはありますか？」

「ないです」

「だったら印は結構です。そのまま少し診察させてください」

晴希の髪をピンで留め、医師はホクロを見つめた。顔が一気に熱くなる。目が合わないよう、晴希は必死に視線を下げた。これはいつからあるのか、急に大きくなったと感じたことはあるか、触られると痛いかと、医師は質問を重ねた。赤ちゃんのころからです、いいえ、いいえ、と晴希は順に答えた。

ホクロの大きさは八ミリと診断された。メスを使って取り除く方法と、レーザーで蒸散させる方法があると、ホームページに記載されている情報を読み上げるように医師は説明した。後者であれば、今から処置を行うことも可能だという。お願いします、と晴希は勢い込んで頷いた。対象のホクロがやや大きく、一回では取り切れない可能性があると言われたが、もとよりその心づもりはあった。それよりも、診察だけで今日が終わることのほうが辛かった。

同意書にサインをして、隣の処置室に移動した。スタッフにタオルで髪をまとめられ、眉から上が完璧に露《あら》わになる。これほど額《ひたい》を剝き出しにすることは、家でもまずない。コットンで患部を消毒されて、簡易ベッドのような台に横たわった。いつの間にか、医師はマスクを着けていたが、服装は診察のときのままだ。これは、整形手術なんてたいそうなものではない、本当にただの処置なのだと、唐突に思った。

目の上にタオルが載り、処置が始まった。

「麻酔を打ちますね。ちょっとチクッとしますよ」

幼子をなだめるような声のあと、鋭い痛みが走った。場所が目に近いからか、本能的な恐怖が込み上げる。うっすら涙がにじんだが、タオルのおかげでことなきを得た。あとはもう、なにが行われているのか、晴希には分からない。小さな音は断続的に聞こえていて、焦げ臭いような匂いが時折鼻先をかすめるが、ホクロを削り取られているとはまったく思えなかった。

皮膚には水分が多く含まれている。それはホクロも同じで、水に反応する炭酸ガスレーザーを当てることで蒸散を引き起こし、肌から取り除くことができる。医師の言葉と、ホームページに掲載されていたイラストをぼんやり思い出す。今回調べるまで、晴希はホクロがメラニン色素を含む細胞が密集したものだということも、先天性のものと後天性のものがあるということも知らなかった。自分を悩ませているものの正体をきちんと知ろうとしていれば、もっと早くに対処できていたかもしれない。七夏のように、さっさと自信を得られていたのかもしれない。

結局、自分は現実を見ないようにしていただけなのだ。

皮膚の焼ける匂いが、一瞬、濃く強く香った。

ホクロは一度でほぼ取り除くことができたらしい。もし気になるようなら、三、四ヶ月後、肌の状態が落ち着いたころに二回目をやりましょう、と医師はどこか誇らしげに言った。スタッフに軟膏を塗られ、絆創膏のような小さなテープで術後部位を保護される。同じケアを家でも十日ほど続けたのち、経過を見せてほしいと言われた。また、レーザーを当てたところはメラニン色素が沈着しやすくなっているため、その後もしばらく日焼け止めを欠かさないよう忠告された。

朝、髭を剃る前と風呂から上がったあとに軟膏を塗り、テープを取り替える生活が始まった。説明を受けたときには面倒だと感じたが、ホクロの消え去った皮膚を見るのは思いのほか楽しく、軟膏を擦り込む行為にも生きものにエサを与えているような高揚感があった。思えば、明るい気分で自分の顔と向き合うのは初めてだった。

親には除去を終えて帰宅した日の夜に、鼻のつけ根のテープを見せて告白した。そんなに気にしていたの、と父親と母親に驚かれたことに、晴希のほうこそ驚いた。前髪を伸ばしていたことも、二人は単に洒落《しゃれ》っ気の表れだと思っていたそうだ。にわかに脱力した。

七夏とはあれ以来、顔を合わせていない。隣家の様子は毎晩のようにチェックしているが、大抵は闇に沈んでいた。七夏の母親は残業続きで、七夏は留守がちのようだ。今夜も自宅の前で足を止めて確認するが、赤い光は見つからない。七夏は今、どこでなにをしているのだろう。彼女に親しい友だちがいないことは、おそらく自分が一番よく知っている。仕事中だろうか。しかし、三、四年前までは、自分の背中が使われているポスターや雑誌広告の写真を、晴希のスマートフォンにしょっちゅう送ってきたが、最近はそれもない。山崎との暮らしに満足し、パーツモデル業は引退したのだろうと勝手に思っていた。

華奢《きゃしゃ》なボディラインと、滑らかで白い肌。まろやかな雰囲気にアクセントを加えるような、背骨と肩甲骨のくっきりした隆起。きれいだな、とは思っても、色気を感じたことはない。晴希にとっては幼少期から見慣れたシルエットだった。パーツモデルは基本的に名前が出ないが、送られてくる写真を見るうちに、晴希は七夏の背中を見分けられるようになっていた。本人から教えられる前にウェブ広告を見つけて、これ七ちゃん？と尋ねたこともある。よく分かったね、と素直に驚いたような返事が返ってきたものだ。

もしかして、もう新たに恋人ができて、その人のもとへ行ってしまったのか。七夏は男運が悪い。浮気性だったり、多額の借金があったり、酒乱だったり、既婚者だったり。今度こそ七夏を大切にしてくれる人と付き合ってほしい。晴希は祈るように思う。小宮山家で寛いでいても、母親が仕事から帰ってきたと分かるや否や玄関を飛び出していった七夏の姿を、晴希はいまだに覚えている。幼いころからずっと、七夏の幸せを願っているような気がする。

もう一度、隣家のベランダを見上げた。赤い光はやはり見つけられなかった。

お盆休みの最終日に髪を切った。家から近いという理由で十年以上通っていた床屋ではなく、洒落た店構えの美容室に新規で予約を入れて、全体的に短くしてほしいと注文した。鏡の中の自分はみるみるうちに姿を変えた。こめかみのあたりは軽く刈り上げられて、トップはワックスでつんつんに、そして、額はほぼ丸出しに。すっごくお似合いですよ、と晴希を担当した美容師は興奮した面持ちで言った。まんざらお世辞とは思えなかった。

家に帰ってからも、晴希は何度も鏡を覗いた。街を見渡せばどこにでもいる若者の一人になれた気がする。つまりは、友だちと遊ぶことが生活の一部になっているような、ごく普通の男に。ホクロのあったところは、保護テープが取れて一週間が経った今も赤く凹《へこ》んでいる。新しい皮膚が完全にできあがるまでには、まだ時間がかかるそうだ。それでも、術後の経過は順調だと、美容皮膚科の医師からは言われていた。ここから少しずつ肉が盛り上がり、赤みも取れていくらしい。手術痕を隠すために追加の保護テープを出すこともできると言われたが、晴希は断った。黒い膨らみよりも、赤い窪みのほうがよほど目立たないと思った。

三日ぶりの通勤電車は、緊張で地に足が着いていない感じがした。新しい人生の始まりだ。いささか大仰なフレーズが頭を過《よ》ぎる。周りはまず、晴希の髪形の変化に気がつくだろう。それから鼻のつけ根に目を向けて、あれ？　という顔をするはずだ。保護テープを指摘されたときには、ちょっと引っ掻いちゃって、と、ついごまかしたが、とう宣言するときがきた。心がけるべきは、明るくさらっと口にすること。実はホクロを取ったんです。こう言う。絶対に言う。

エレベーターホールで上司の松岡を見つけた。寝癖のついた後頭部に、おはようございます、と声をかける。振り向いた松岡はまず眉根を寄せ、それからかつての同級生と数十年ぶりに出くわしたような声を上げた。

「小宮山くんか。誰かと思ったよ。随分切ったね」

「あ、あ、暑かったんで」

晴希は懸命に微笑《ほほえ》んだ。松岡の視線が自分の顔を正面から捉える。来るぞ、来る来る。心もち背筋を伸ばした。だが、松岡は、本当に毎日暑いよな、と短く嘆息し、すばやくエレベーターに乗り込んだ。あれ？　と思いながらも、晴希もあとに続いた。

自分のデスクに着くまでも、着いてからも、周囲の反応は松岡と変わらなかった。髪の毛が短くなったことに驚かれて、褒められて、しかし、ホクロについては誰も触れない。気を遣われているのかもしれないと思ったが、ただひとつの視線も鼻のつけ根で止まらないことが不思議だった。晴希はどこか拍子抜けした気持ちで仕事に取りかかった。

時間は怒濤の早さで過ぎた。介護用品を扱っている晴希の会社は、八月が忙しい。夏休みやお盆など、親族で集まる機会が多いことに理由があるようだ。数年ぶりに会った親や親戚の老いた姿に、時間を止めることはできないと、人は現実を突きつけられる。大きく変わってしまった肉体に、せめてなにかしてやりたいと焦るのだろう。晴希は倉庫の責任者とも連絡を取り合い、お盆休みのあいだに入っていた注文を片っ端から処理していった。

通常の忙しさに戻るまでに、三日を要した。この間、晴希のホクロがなくなったことに気づいた人は皆無だった。仕事が落ち着けばきっと、と、ささやかな期待も抱いていたが、さらに四日が経った今も、誰からも指摘されない。引っ掻き傷、治ったんだね、とすら言われる気配がない。ジジジ、と例の音がスピーカーから聞こえてきたとき、晴希はついに心を決めた。チャイムと同時に財布を持って席を立ち、ビルの裏手の定食屋に向かった。

店員は晴希の顔を見るなり、あれま、と目を丸くした。久しぶりだねえ、と、いつになく歓迎されて席に通される。もう来ません、と、あの日胸のうちで呟いたことを見透かされたようで、なんだかばつが悪い。今日の日替わり定食はコロッケだった。肉が少なく、衣が分厚かった。

「その髪形、いいじゃない。男前よ」

伝票を差し出すと、店員は笑顔でレジに金額を打ち込んだ。どうも、と、ぎこちなく頭を下げる。愛想のいい店ではなかったはずが、スマートフォンを忘れたことをきっかけに、急速に距離が縮まっていた。七百円ね、と言われて財布を開ける。視線の動きを見逃さないよう、硬貨をトレイに置きながらも、晴希はじっと店員の顔を見つめた。

「なあに、そんなに見られてたら恥ずかしいじゃない」

がはは、と大きく口を開けて、店員は晴希の肩を叩いた。そうじゃなくて、と思うのだが、この場に相応《ふさわ》しい言葉が出てこない。気がついたときには、

「あのっ、ホクロのっ」

と、上擦《うわず》った声が自分の口から飛び出していた。

「えっ、なに？　ホクロ？」

「僕のこと、ホクロの人って」

上手く説明できない。これじゃあまるで不審者ではないか。だいたい、こちらからヒントを出してしまっては意味がない。人に気づかれるためにここに来たのだ。なんでもないです、と、か細い声で返したとき、店員が晴希の右手に指を押し当てた。

「そうなのよ。うちの息子もここにホクロがあってね」

「えっ」

晴希は自分の右手に目を落とした。親指のつけ根にある、黒い点。ここにもホクロがあることは、もちろん知っていた。だが、大きさは鼻のつけ根に貼りついていたものの半分くらいだろう。膨らんだり産毛が生えていたりすることもなく、布に織り込まれた模様のように肌に馴染んでいて、特に気にしたことはなかった。

「ここにホクロがある人はエネルギッシュで、恋愛にも積極的なんだって」

「なんですか、それ」

「ホクロ占いよ。知らないの？」

「知らないです」

なんて当てにならない占いだろう、と晴希は思った。

「だからこんな店は継ぎたくないって、海外に行っちゃったのかしらねえ」

「ああ、息子さん……」

「今度五年ぶりに帰ってくるんだけどね、家の味が恋しいだろうと思って、好物を揃えて迎えるつもりでいたら、美味しい日本食が食べたいから外食しようって言うのよ。失礼しちゃうわよねえ。こっちも一応プロの味よ」

そうですねえ、と曖昧《あいまい》に頷き、ふらふらと外に出た。熱気が瞬時に毛穴を覆う。店員は、ホクロがなくなったことに気づかなかっただけではない。彼女はそもそも晴希の鼻のつけ根にホクロがあったことを知らなかった。右手の親指のつけ根しか目に入っていなかった。そして、その向こうに見ていたのは自分の息子だった。

それでよかったのだ。人に気づかれないよう自分は前髪を伸ばしていたのだからと、頭では理解していても、心の中が収まらない。他人にとっては取るに足らないようなことに、自分は十数年も悩んでいたのか。それとも、晴希自身がどうでもいい存在だから、ホクロに誰も気を留めなかったのか。自分が人と目を合わせられないのではなく、誰の目にも自分は映っていなかったのではないか。

午後は仕事に身が入らなかった。松岡に体調を案じられながら、なんとか定時までをやり過ごしてオフィスを出た。夏の空は五時を過ぎてもまだ明るく、こんなことで落ち込む心を嘲笑《あざわら》うかのようだ。真っ直ぐ家に帰る気持ちにはなれず、しかし、飲みに誘えるような相手もいない。晴希はコンビニエンスストアで缶コーヒーを買い、公園のベンチでしばらく時間を潰した。オフィス街にある公園は狭く、遊具もない。日が暮れるにつれて、自分の輪郭がぼやけていくのを感じる。街路樹も電柱も遠くの高層ビルも、ゆっくりと闇に溶けていく。

なにも始まらなかった、と胸中で呟いたとき、涙が頬を伝った。

街灯に虫がたかっている。どこかではまだ蝉が鳴いている。鞄をまさぐり、キーケースを探しながら、晴希は習慣のように隣家を見上げた。期待はなかった。新しい恋人と仲睦《むつ》まじく暮らしている七夏の姿は、想像から確信へと徐々に変化していた。あの七夏が、この退屈な町にいつまでもいるはずがない。そんなふうに思い始めていた。

だから、小さな赤い点をベランダに認めたときには、えっ、と声が出た。うわ、なにその髪形、爽やかぶっちゃって、と七夏は叫ぶように笑った。

「七ちゃん、まだいたの？」

「なにそれ。いるよ」

「全然見かけないから、新しい彼氏ができて、その人のところに行ったのかと思った」

「はあ？　晴は私のことをどういう人間だと思ってるの？　一発殴りたいから、そこにいてよ」

玄関から現れた七夏は、今日も緩やかなシルエットの服を着ていた。サンダルを履いた足で跳ねるように近づいてきて、拳を晴希の二の腕にぐりぐりと押し込む。痛みはなかったが、じゃれ合いたい気持ちから、やめてよ、と晴希は身を捩《よじ》った。七夏がやにわに晴希の頰を両手で挟んだ。

「ない……。私のぶどうがないっ」

「あ、うん。取っちゃった」

脳内で幾度となく繰り返したシミュレーションどおりに、晴希はとっさに軽い口調で返した。七夏の表情に切羽詰まったものを感じたのは、そのあとだ。二重瞼の目は潤《うる》み、

薄い唇の端は震えていた。どうしたの、と晴希が問いかけるより早く、

「なんで。どうして取っちゃったの」

見開かれた目から大粒の涙が溢れた。どうしてって、と情けない声が晴希の口から漏れる。泣く七夏を見るのは、小学二年生のとき以来だ。母親が誤って父親との思い出の品を捨ててしまったと、家の前でしゃくり上げていたのだった。やがて七夏は肩を震わせ始めた。え、え、え、と晴希は身体の前で手のひらをさまよわせる。そういえばあのときも、この背中をさすって慰めてもいいものかと迷ったのだった。

「晴が言ったんだよ」

「う、うん」

「私、ちょっとだけ、本当にちょっとだけ後悔してたのに」

「うん」

「私の後悔を返してよ、馬鹿っ」

なにを言っているのか分からない。だが、今は頷くことしかできなかった。七夏の泣き方は段々と激しさを増し、まるで駄々をこねる幼子のようだ。涙や鼻水を左右の手で交互に拭って、むせび泣いている。胸の中でなにかが溢れた。晴希は七夏の肩を抱き寄せた。

「晴が」

「うん」

「七ちゃんじゃないみたいって、晴が」

「うん」

「手術する前のほうがよかったって、晴が言ったんだよ」

晴希と七夏は背丈があまり変わらない。七夏は晴希の首に顔を押し当てるように話した。吐息がこそばゆく、また、七夏の髪から立ち上るシャンプーとかすかな汗の匂いに、目の裏がちかちかする。衝動を抑えきれず、晴希は手のひらを下にずらした。七夏は一瞬身体を強張らせたが、抵抗しなかった。写真から思い描いていたより遥かに柔らかく、温かな背中だ。ほんのり湿ったTシャツに、七夏の生を感じた。

「僕が、七ちゃんが瞼を二重にしたあとに、前のほうがよかったって言ったってこと?」

左手は背中に残し、右手でゆっくりと髪を撫でる。すん、と七夏の鼻が鳴った。

「やっぱり覚えてないんだ」

「ごめん、覚えてない。でも、言ったかもしれない。僕は七ちゃんの、涼しい感じの目元が好きだったから」

瞼に線が加えられた七夏を見たとき、なにか違うと感じたことは覚えている。そんな晴希の様子を気にも留めず、私、可愛くなったよね、と、はしゃぐ七夏に悲しくなったことも。

「私も同じだよ」

七夏はそう言って身体を離した。目と鼻の下は、まだ涙と鼻水で濡れている。前髪は汗で額に貼りついていた。晴希は七夏の下瞼を親指の腹で擦った。肌と肌の張りつく感触に、全身に甘い痺れが走る。七夏はもう一度小さく鼻を鳴らした。

「晴のホクロが好きだったのに」

七夏は睨むような目つきで言った。だが、瞳が湿っているせいか、いつもの迫力は感じられない。漂ってくる空気は、むしろ柔らかさを帯びている。晴希は無言で見つめ返した。どんなときでも、この目だけは逸らさずにいられた。向き合った黒目に自分の影が映ると嬉しかった。

「晴?」

「七ちゃん」

晴希は細い顎に手をかけ、唇に短くキスをした。煙草の味がした。

七夏の手に引かれるように、晴希は隣家を訪れた。十数年ぶりにもかかわらず、足を踏み入れた瞬間、とてもよく知っている場所だと思った。下駄箱の上の置き時計も、鍵を入れるための小皿も、なにも変わっていない。芳香剤の匂いもおそらく同じだ。七夏と指を絡ませたまま、晴希は二階へ上がる。階段の軋《きし》む音がやけに耳に残った。

七夏に強く拒まれたため、Tシャツは着たまま、明かりも点けないで抱いた。七夏の身体は隅々までなめらかで、指が吸いつくような心地がした。普段の姿からは想像もつかない吐息が、声が、反応が、晴希の興奮を煽《あお》る。晴、と七夏は何度も名前を呼んだ。荒波の中、浮き輪にしがみつくように自分を求めてくれることが嬉しく、最後に果てる瞬間、もうなにもいらない、と思った。

むずむずとくすぐったい感触に両目を開いた。と同時に、七夏の部屋に来ることになった経緯が思い出されて、わあっ、と思わず声が出る。今、何時？　と尋ねながらベッド下の鞄をたぐり寄せ、スマートフォンを引っ張り出した。まだ午後九時にもなっていない。眠っていたのは二十分程度だったようだ。ほおっ、と安堵《あんど》のため息が漏れた。

「どうしたの、そんなに慌てて」

隣に寝転んでいた七夏がからかうように言った。

「おばさんは何時ごろ帰ってくるの？」

「いつも十時は過ぎるよ」

「あー、よかった」

「やっぱり気まずいんだ」

「気まずいっていうか……まあ」

口にしたことで、現状を改めて認識した。耳が熱くなり、七夏からとっさに顔を逸らす。カーテンの隙間から射し込む街灯の光が、床に線を描いている。暗闇に慣れてきた目で晴希は周りを見回した。この部屋もあまり変わっていない。シールまみれの学習机と、カバーで覆われた姿見、少女漫画でいっぱいの本棚と、七夏が憧れていたモデルのポスター。クッションの手前に座らされたクマのぬいぐるみが父親からのプレゼントだということを、晴希は知っている。

「それ、まだ使ってたんだ」

腰から下に布団をかけたまま、よいしょ、と七夏も上半身を起こした。

「えっ」

「ストラップ」

七夏は人差し指で晴希のスマートフォンをつついた。

「ああ、うん」

「物持ちがいいねえ。それをあげたの、もう五年前じゃない？」

西陣織のストラップは、七夏の京都土産だった。山崎と泊まった高級旅館のことを自慢げに語られ、うんざりもしたが、晴が好きそうだったからと渡された鱗《うろこ》文様のそれは確かに自分の好みで、スマートフォンの機種を変更しても使い続けていた。

「懐かしいな。あのときはまだ二十代だった」

「七ちゃんは、ちっとも変わらないよ」

晴希にとってもっとも大きな七夏の外見上の変化は、瞼が二重になったことだ。それ以外のところを特に気にしたことはない。本気で言ってる？　と七夏が眉根を寄せて、晴希の顔を覗き込む。晴希は大きく頷いた。

「私、三十三歳の誕生日にふられたんだけど」

「えっ、七ちゃんから別れたいって言ったんじゃないの？」

「違うよ。俺にはおまえを幸せにしてやれないとかなんとかごちゃごちゃ言ってたけど、要はあの人、年を取った私に興味が持てなくなったんだよ。三十歳を過ぎたあたりから、背中に肉がついてきてるとか、皺が増えたとか、いろいろ言われるようになって、覚悟はしてたけどね」

あの人、背骨に舌を這わせるのが好きなんだよね、と七夏は低い声で呟いた。へえ、と応じた声は、思いがけず硬くなった。

「体形が崩れてきてることは、自分でも分かってたんだ。一時期はジムに通ったり、食事制限をしたり、それなりに頑張ってたんだけど、体質なのか、背中の肉が本当に全然落ちなくてさ」

触れたときの、抱きしめたときの、骨の髄までとろけそうな感覚を思い出す。肉がついたと言っても、七夏はまだまだ細い。持ち上げたときの脚は作りもののように軽くて、七夏にもっと食べてほしいと思ったくらいだ。晴希の考えを見透かしたように、

「あ、細いのにって、今、思ったでしょう。そういうことじゃないの」

と、七夏はマットレスを手のひらで叩いた。

「仕事が入ってこなくなったの。この背中に、もうモデルとしての価値はないっていうことなんだよ」

自嘲するような口ぶりが痛々しく、七夏の肩に腕を回した。それに、あの人と一緒にいた彼女、めちゃくちゃ若くてスタイルがよかった、と七夏が晴希に頭を預けて呟く。小さくて丸い後頭部を優しく撫でた。

「山崎さんの次の彼女?」

「次、っていうより、その子と付き合い始めたから、私と別れることを決めたんだと思う。彼は隠したかったみたいだけど、絶対に女が理由だとぴんときて、しばらくマンションを見張ってたんだ。そうしたら案の定、マンションから一緒に出てきた」

物陰に身を潜め、山崎のマンションに真っ直ぐな視線を注いでいる七夏を思い浮かべて、晴希の胸は苦しくなった。別にもう好きでもなんでもないけど、腹は立つよね、と七夏は深く長く息を吐いた。

「若い子の身体ってすごいよ。肌もぴちぴちだし、重力が働いてないって感じ。あーあ、これからもっともっと自分の身体のことを嫌いになるんだなって思うと、辛いなあ」

「七ちゃん」

「うん？」

「これは先月の話なんだけど」

と前置きをして、晴希は息子夫婦からサプライズで杖をもらった女性のことを話した。彼女が年寄り扱いされたことに苛立ち、杖を返品しようとしたこと。晴希が愚痴を聞いたことで、なんとか溜飲を下げてくれたこと。そして先週、その女性から晴希宛に電話がかかってきたこと。

「今度はなにが起こったんだろうってどきどきしながら出たら、お礼を言うんだよ、その人。仕方なく杖を使い始めてみたら、転んだりよろけたりすることがぐんと減って、散歩が楽しくなったって。返品を止めてくれた僕のおかげだって。いやいや、息子さんのおかげですよって僕は応えたんだけど、でも、嬉しかったな」

「そっか……。そうだね」

七夏が頷いたのが、首に触れている髪の感触で分かった。晴希は手を肩から腰に下げ、Tシャツの裾からそろそろと差し込んだ。ブラジャーは先ほど外している。妨げるもののなにもない背中を手のひら全体で撫でた。

「年を取っていくのも悪くないと思うよ。少なくとも、僕はこの背中が好きだよ」

七夏は応えなかった。しばらくのあいだ、身じろぎもせずに押し黙っていた。だが、汗ばんだ肌が七夏の照れを伝えているようだ。やがて七夏は、もうっ、触り方がいやらしい、と声を上げ、晴希の胸を肩で押した。

「っていうか、晴は童貞じゃなかったんだね」

「……うん、まあ、一応」

高校時代になぜか告白してくれた他校の女子と、一年間だけ付き合っていた。優しい子で、晴希のホクロを直視しないよう努めているのがとてもよく伝わってきた。一通りのことは彼女と経験しただろう。彼女に対して抱いていた気持ちが恋愛感情か否かは最後まで分からなかったが、二人きりで出かけたり、キスをしたり抱き合ったりすることは、単純に楽しかった。

「意外に情熱的だよね」

「そうなのかなあ」

反射的に右手の甲に視線を落とした。親指のつけ根のホクロが目に入る。エネルギッシュで、恋愛にも積極的。定食屋の店員はそう言っていたが、どうしてこんなものの位置でその人の性格まで分かるのか。やはり納得はできないが、今となってはまんざらでもなかった。

「あ、服を着るなら、電気を点けていいよ」

七夏に言われて壁のスイッチを押した。床に脱ぎ捨ててあったポロシャツとチノパンを身に着け、靴下を履く。最後に身だしなみを整えようと、姿見を覆っていたカバーをめくった。衣類が不自然に乱れていないことを確認して、よし、と頷いたとき、鼻のつけ根に黒い点を発見した。

「なにこれっ」

「んー？　やっぱりそこにぶどうがないと寂しいなあと思って」

「ちょっと待ってよ。これ、なにで書いたの？」

さっきのむず痒いような感触の正体はこれかと、晴希は鏡に顔を近づけた。除去したものより色は濃いが、大きさと形と場所はほぼ同じだ。自分でもこれほど上手く再現することはできないだろう。

「もちろん油性マジックだよ」

「ええっ」

「嘘。アイライナーだから、大丈夫。メイク落としのシートですぐにきれいになるよ」

七夏はローテーブルの下にあったメイクボックスの中からポケットティッシュのような包みを取り出し、白い紙を一枚引き抜いた。こっちに顔をちょうだい、と言われて、晴希は七夏の前に向かい合って座る。目をつむり、顔を突き出したとき、チュッという音と共に、唇に柔らかいものが押し当てられた。

「えっ」

「うわ、すっごい間抜け面《づら》」

瞼を開くと、七夏の楽しそうな笑顔が視界いっぱいに広がった。

彼方のアイドル

襖《ふすま》の向こうの陽気な電子メロディが、いつまで待っても鳴り止《や》まない。やっと聞こえなくなったかと思えばまた始まって、敦子《あつこ》はフライパンでウインナーを焼いていた菜箸を、ため息と共に流し台に転がした。コンロの火を消し、居間を横切って、染みだらけの襖を開ける。途端に酸っぱいような臭いが鼻を刺した。

「太一《たいち》、朝だよ。朝」

返事はない。敦子は畳に散乱した服やサッカー雑誌を跨《また》ぎ、こんもりと盛り上がった布団に近づいた。肩のあたりを叩いて、遅刻するよ、と声をかける。だが、ミニチュアのどら焼きのようにも見える瞼《まぶた》は、一向に開く気配がない。自分で目覚まし時計をセットして起きるようにと、太一には五歳のころから躾《しつ》けていた。普段はそれを守っている彼も、昨日のチーム対抗戦でよほど体力を消耗したらしい。

「まったくもう」

とりあえずこのうるさい音をなんとかしようと、敦子は枕元のスマートフォンを手に取った。アラーム解除の文字を力強くタップする。まるで命を絶たれたかのように電子メロディは停止した。改めて太一を起こそうと寝顔に向き直り、数秒、敦子は呼吸を忘れた。息子の顔をこれほど間近に眺めるのは久しぶりだと、唐突に気づいたのだった。鼻梁《びりよう》の太い鼻と厚い唇は、友秋《ともあき》から受け継いだものだろう。眉毛の薄さと睫毛《まつげ》の長さは自分似だ。サッカー部らしく日に焼けた肌は代謝がいいのか、十一月のこの時期でも湿っている。声変わりが始まり、体臭も徐々に強烈さを増していて、しかし、眠っているときの表情は幼いころと変わらない。懐かしさに駆られ、敦子は太一の頬に手を伸ばした。

と、太一の鼻の下が淡くくすんでいることに気がついた。そこだけ燻《いぶ》されたかのように、灰色っぽくなっている。グラウンドの土を洗い流さずに眠ってしまったのだろうか。しょうがないなあと微笑《ほほえ》みかけて、敦子は手を止めた。違う、これは汚れではない。やんちゃなサッカー少年の証《あかし》とは、なにかが大きく異なる。

「……髭？」

凝視すればするほど確信が芽生えた。もう産毛と呼ぶにははばかられる力強さで、一本一本が己の存在を主張している。あの可愛かった太一に、髭。ママとダンゴムシが世界で一番好き、と耳元で囁いてくれた太一に、髭。寝顔があどけないぶん、髭の生々しさがより際立った。ええーっ、と敦子は情けない声を漏らした。

「おいっ、てめえ、なにしてんだよっ」

太一の瞼が開いた。少しの遠慮もなく、百パーセントの憎しみを瞳に宿らせて、敦子を睨みつけてくる。敦子は大きく息を吐いた。

「なにって、起こしにきてあげたんでしょう」

「勝手に人の部屋に入ってんじゃねえよ」

朝の冷え込みに身を震わせることもなく、太一は勢いよく上半身を起こした。そのまますばやくスマートフォンを摑み、一瞬だけ視線を下げて、

「しかもおれのスマホ、触っただろ。ふっざけんなよ」

「だったら一人でちゃんと起きなさい。だいたい、そのスマホの代金、誰が払ってると思ってるの？　ママでしょう？　ママの働いたお金でしょう？　ママには触る権利がありまーす」

「プライバシーの侵害だろ」

「そういうことは、自分で稼いで、自分で家のことをやるようになってから言ってくださーい」

太一は今、反抗期の真っ最中だ。この程度の口論は日常茶飯事で、最近は軽くいなせるようにもなってきた。どんなに乱暴な口を利いても、所詮は十四歳。精いっぱい格好つけているだけと思えば、平静でいられる。しかし、次の瞬間に太一の口から初めて飛び出した、うるせえ、ばばあ、という言葉には、頭の奥が痺れるほどかっとなった。

「ばばあ？　今、ばばあって言った？」

「ばばあにばばあって言って、なにが悪いんだよ」

「じゃあ、もう勝手にしなさいっ」

敦子は襖をぴしゃりと閉めて、台所に戻った。荒々しい手つきでふたたび料理に取り掛かる。手を動かしているうちに、怒りすぎたかもしれないと少し冷静になった。炒めたウインナーのうち、二本は小ぶりの弁当箱に詰め、残りの三本は迷いながらもプレート皿に移した。自分の弁当と太一の朝食を一緒に準備するのは、もはや身体に染みついた習慣だ。ウインナーの横に卵焼きとプチトマトも添えて、二枚のトーストと共にテーブルに並べる。そこに制服に着替えた太一が現れた。ひどい仏頂面だ。牛乳でいい？と努めて普段通りに尋ねた敦子に、いらない、と太一は吐き捨てるように答えた。

「いらないってなに？　食べないで行くってこと？」

今度の質問には返答がなかった。太一はそのまま玄関に向かい、汚れたスニーカーに足を突っ込むと、体当たりするようにドアを開けて出て行った。歯も磨いていなければ、顔も洗っていない。後頭部では寝癖が撥《は》ねていた。

「なんなの、あれ……」

独り言が狭い台所に虚しく響く。敦子は皿に残されたトーストやウインナーをゴミ箱に放り込もうとして、すんでのところで思い留まった。来年、高校受験を控えた母子家庭に、一食を無駄にできる余裕はない。ドラマのようにはいかないな、と思いながら、敦子は普段は摂らない朝食の代わりにそれらを食べた。昼も同じおかずか、と考えると、何度目かのため息がこぼれた。

勤務先であるスーパーモリヤスには、自転車で通っている。今日は風が強く、従業員室に着いたときには頭髪がぐしゃぐしゃに乱れていた。姿見の前で手早くゴムをほどき、全体を整える。今の店長は身だしなみにとても厳しく、肩についた髪は必ず後ろでひとつにまとめるよう指導されていた。

櫛《くし》で髪をすくたび、髪の中で光が小さく瞬《またた》く。白髪だ。三、四年前から急激に増えて、今では抜いても抜いても追いつかない。四十路《よそじ》を半年前に越えて、いよいよ染めるときがきたかと思いつつも、まだ踏ん切りをつけられなかった。白髪染め。あまりにばばあじみた響きだ。

「一人で何分使うつもりだろうね。姿見は一枚しかないのに」

背後から聞こえてきた嫌みったらしい声に、敦子は正面を向いたまま舌打ちをした。子どもじゃあるまいし、代わってほしいのなら、そう言えばいいのだ。だいたい、自分が鏡の前に立ってから、まだ二分と経っていない。心の中で悪態を吐《つ》いて髪を縛り直し、大股で姿見の前から退いた。

「あ、空いたよ」

由加里《ゆかり》はわざとらしく明るい声音《こわね》で言うと、仲のいい後輩スタッフの袖を引っ張って、二人で身だしなみを整え始めた。昔からまめにカラーリングをしているからか、自分より三つ年長のはずの由加里は、白髪がほとんど目につかない。しかも、ふさふさしている。年を重ねても毛が細くならないのだと、後輩相手によく自慢していた。

敦子と由加里は十年前のほぼ同時期に、パートスタッフとしてこの店で働き始めた。由加里の下の子どもが太一と同い年ということもあり、当初はわりと仲がよかった。二人でランチに行ったこともある。だが、いつからか由加里は敦子を無視するようになり、敦子もそれに対抗して、今では社員や客が近くにいなければ、滅多に言葉を交わさない。パート仲間のあいだでは、二人の不仲は周知の事実だった。

どうしてこの店で働こうと思ったのか、という由加里の質問に、オーナーが父親の古い友人で、職を紹介してもらったのだと答えたことが、どうやらいけなかったらしい。実際は、面接こそ形ばかりだったものの、待遇はほかのスタッフとなにも変わらない。叱られることも注意されることもある。しかし、あらゆる面で依怙贔屓《えこひいき》されていると由加里は考えているようだ。あの人は縁故採用だから、と陰口を叩かれることもあった。

「今度の土曜日、娘と映画を観に行こうと思ってるの。ほら、一樹《かずき》くんが主演の」

ファンデーションでこってりと覆われた顔を鏡面に突き出し、口紅を塗り直して由加里は言った。

「ああ、金曜日が公開初日でしたっけ？」

「そうそう。来月のダフコのライブに外れちゃってしょげてたから、せめて映画に連れて行ってあげようと思って」

「早川《はやかわ》さん、優しい。それにしても、娘さん、渋いですよね。十四歳の女の子から見たら、ダフコのメンバーなんてもうおじさんですよね？　もっと若いアイドルに夢中になればいいのに」

「私もそう思うんだけど、格好いいらしいよ。落ち着いてるところがいいんだって。それに、ダフコはテレビで見かける機会が多いから、応援していて楽しいんじゃないかな。冠番組、今、いくつ持ってるんだっけ？　おかげでうちのハードディスクはいつもぱんぱんだよ、おじさんたちの録画データで」

ダフコの最年長、トヨですら、今年で四十一歳。おまえよりふたつも下だと、敦子は由加里の頭を後ろから睨みつける。自分のこういう気の強さも、由加里との仲を悪化させた要因のひとつだろう。最初に無視をされたときに、もっと狼狽《うろた》えればよかったのだ。だが、それができない。結局、鏡の前の二人は、敦子が髪を結うのに要した時間の数倍をかけて、制服を整えた。

朝礼後、店内を掃除しながら、敦子はダッフルコーツのことを考えた。略してダフコとも呼ばれるダッフルコーツは、今年でデビュー二十周年を迎える五人組男性アイドルグループだ。大食いで、なんでも美味《おい》しそうに頬張る熱血漢のリーダー、トヨこと市川《いちかわ》豊春《とよはる》。話術に長《た》けて、軽薄そうにも見えるけれど、本当は誰より甘えん坊の、ぐっぴーこと橋口《はしぐち》比呂也《ひろや》。メンバー内でもっとも容姿端麗ながら、天然ボケを連発する、スカこと高須《たかす》一樹。泣き虫で恐がり、スイーツが大好きな、みやちゃんこと宮木《みやぎ》憲吾《けんご》。芸術家肌で、どんな場面でも淡々としている、るいるいこと根本《ねもと》塁《るい》。彼らのことは、生年月日や家族構成、好きな食べものから、理想のプロポーズのシチュエーション、どうしてもやめられない癖や、休日の過ごし方まで知っている。

ダッフルコーツのファンには、トグルという名称がある。グループ名の由来となったダッフルコートの、あの特徴的なボタンの名前からつけられたものだ。敦子は彼らのデビューと同時にトグルになった。誰が好きかと訊かれたときにはぐっぴーと答えていたが、ダッフルコーツはメンバー同士の仲がよく、全員を心より応援していた。ファーストコンサートに感動してからは、規約違反と理解しながらも、家族や友だちに名前を借りてファンクラブの名義数を増やし、ツアーが始まれば、全国を飛び回った。ＣＤやグッズは、全形態、全種類を必ず購入。テレビや雑誌のチェックも抜かりなかった。友秋と結婚した理由の何割かは、子どもが生まれてもトグルでいていいと彼が言ったことが占めていたような気がする。

五人の楽しそうな姿や懸命なパフォーマンスは、敦子のエネルギーの源だった。負の感情すらエンターテインメントに変換して、ファンにキラキラしたものだけを提供してくれるアイドルは、愛そのものだと思った。雑誌やテレビ、ＤＶＤで彼らを見るたび、愛に触れたような気持ちになった。

敦子がトグルを名乗れなくなったのは、十一、二年前くらいからだ。ダッフルコーツはスタートダッシュに失敗し、敦子が追いかけていたころは、世間的には名前が知られていなかった。それが、豊春がバラエティ番組で虫をばくばく食べたことを引き金に、グループ全体が大ブレイクを遂げる。各テレビ局に冠番組を持ち始め、ＣＤの売り上げは年間トップを記録して、デビュー十周年を迎える前に、彼らは国民的アイドルと呼ばれるようになった。

コンサートの会場規模は、ホールからアリーナ、そして、ドームへと変化した。それでもチケットは争奪戦で、複数名義を駆使しても当たらない。ちょうどこのころ、口を開けば諍《いさか》いばかりだった友秋とのあいだに離婚話が持ち上がるようになり、敦子はアイドルどころではなくなった。コンサートに足を運ばなくなってからは自然と興味も薄れて、歌を聴いたりテレビを観たりする頻度も激減した。おそらく太一は、敦子がトグルだったことを知らない。ＣＤやグッズは離婚を機に段ボール箱に詰め込んで、それから一度も開けていなかった。

「安藤《あんどう》さん、このへんの品出しをお願いできる？」

「分かりました」

店長の指示を受けて、敦子は入荷したばかりの乳製品を売り場に運んだ。賞味期限の古いものは手前に、新しいものは奥へ。ラベルの向きを揃えつつ、冷蔵ショーケースに並べていく。牛乳の次は、ヨーグルトに取り掛かった。機械になったつもりで効率よく手を動かしながら、パッケージをさりげなく見つめる。数日前から、朝食にヨーグルトをプラスしようというキャンペーン仕様に切り替わり、商品名の隣にはダッフルコーツの写真がプリントされていた。

初めてテレビで目にしたとき、彼らは十八歳から二十一歳だった。少年のようにきらめく瞳と、下積み時代の長さを感じさせる落ち着いた受け応えが印象的だった。デビュー会見をかぶりつくように見ていた自分も、たったの二十歳だったのだ。きっと、白髪なんか一本もなかった。敦子がヨーグルトのパッケージから目を逸らしたとき、開店十分前でーす、と店長の声が飛んだ。敦子は商品を並べる手を早めた。

はい、と差し出されたふたつの密閉容器には、それぞれレンコンのきんぴらとひじきの煮物がたっぷり詰まっていた。敦子は礼を言って受け取り、持参したエコバッグに入れた。男子中学生が好むおかずではないが、これで二、三日は品数を稼げるだろう。

「敦子。お茶くらい飲んでいけるの？」

「うん」

母親の誘いに間髪《かんはつ》を容《い》れず頷いた。

「今日は太一が部活から直接塾に行くから、ちょっとゆっくりできるんだよね」

食卓の椅子に腰を下ろした。途端に気持ちが夕食を待ちかねていた子どものころに引き戻されていく。お腹減っちゃった、と目の前の鉢にあった饅頭《まんじゆう》を手に取り、薄紙を剝いた。立ちっぱなしで長時間働いたあとは、甘すぎるくらいの糖分がほしくなる。あっという間に食べ終えた。

「今日も職場から直接来たんでしょう？　敦子も相変わらず忙しそうねえ。ちゃんと休んでるの？」

「平日に休んでるよ。土日は時給が高いし、太一も部活でどのみち家にいないから、働いてる」

「とにかく身体には気をつけなさいよ。いざとなったらうちに戻ればいいんだから」

「はーい」

幼子のように応えて、敦子は母親が淹れた緑茶に手を伸ばした。息を吹きかけ、湯飲みに口をつける。ああ、家の味だ。全身が弛緩《しかん》するのを感じた。離婚直後は太一を連れて実家に戻り、しばらくは両親と暮らしていた。しかし、心配性で過干渉気味な父親が煩《わずら》わしく、電車で二駅離れた今のアパートを借りて、もう八年が経つ。友秋からの養育費が途絶えたあとも、経済的な支援こそ拒んでいるものの、おかずを分けてもらったり、太一が体調を崩したときには代わりに学校に迎えに行ってもらったりと、親には随分助けられていた。

「そういえば、お父さんは？」

「友だちと飲みに行った」

「こんな時間から？」

敦子は壁の時計に目を向けた。外はすでに暗いが、まだ午後六時を過ぎたばかりだ。飲み会にしてはやや早い。友だちもみんな年寄りだから、早く始めて早く帰ってくるの、と母親は笑った。

「あ、お父さん、ちゃんと傘を持っていったかしら。七時くらいから降り始めるって、朝の天気予報では言ってたんだけど」

母親のその言葉が合図になったかのように、窓の向こうからぱらりと音がした。母親が掃き出し窓のカーテンを開けて、降ってきたね、と敦子を振り返る。銀色の水滴が窓ガラスに点を描いていた。あー、と敦子は呻《うめ》いた。

「どうしよう。私こそ傘がない。太一にも持っていくように言わなかった」

「うちの傘立てから二本持っていけばいいじゃない」

「いいの？　助かる。だったら、塾が終わる時間に合わせてここを出ようかな」

太一が通っている塾は、自宅の最寄り駅からほど近い。自転車は駅の駐輪場に一晩預けて、太一と一緒に歩いて家に帰ればちょうどいいだろう。

「たいちゃんは元気にしてるの？　全然顔を見せてくれないけど」

目尻に寂しさと諦めをにじませて、母親は言った。

「元気だとは思うよ。もう反抗期の真っ只中って感じ。このあいだなんか、ついにばばあって言われちゃった」

敦子は二個目の饅頭に手を出した。太一にばばあ呼ばわりされてから、今日でちょうど一週間が経つ。翌日以降は食事こそ普段どおりに摂っているが、やはり必要最低限にしか口を利こうとしない。勝手に部屋に入られたこと、スマートフォンを触られたことに、よほど立腹しているようだ。

「あらあら。たいちゃんもそういうお年頃なんだ」

「なあんか、髭もうっすら生えてきてるみたいなんだよね。今度、そのへんの処理の仕方を太一に説明してくれるように、お父さんに頼んでおいてくれる？　ほら、お兄ちゃんのときみたいに。剃ったほうがいいって私が言っても、たぶん聞かないから」

敦子には五歳離れた兄がいる。関西の会社に就職して、この数年は正月くらいしか帰ってこない。剣道に情熱を注ぐ真面目な兄だったが、中学時代はそれなりに荒れていた。父親と口論になり、壁を殴りつけたこともある。息子の思春期を思い出したのか、そうねえ、と母親は目尻の皺をさらに深くした。

その後も母親との雑談を楽しみ、夕食も軽くごちそうになって、八時半前に実家を出た。駅のホームに着いたとき、コートのポケットの内側でスマートフォンが震えた。画面を確認して、反射的に瞬きをする。織江《おりえ》ちゃん。インターネットを通じて知り合った、かつてのトグル仲間だ。とても馬が合い、歌う曲をダッフルコーツに限定したカラオケには、二人で何度も行った。だが、敦子がファンクラブの更新を止めてからは、めっきり交流が途絶えていた。

内心で首を捻《ひね》りつつ、受信したメールを開いた。ダッフルコーツの二十周年コンサートに、一緒に行きませんか。え？と敦子の口から声が飛び出した。共に行くはずだった友人に急用が入り、東京公演二日目のチケットが一枚余っているらしい。

「コンサート……」

頭に思い浮かべただけで、口内で呟いただけで、どうしようもなく胸がときめいた。ステージを舐めるように這い回るスポットライト、耳の中で渦巻く歌声と歓声、流星の尾のような軌道を描いて振り注ぐ銀テープと、硝煙《しょうえん》の残り香《が》。この空間に、この時間に閉じ込められたいと、幾度となく思った。

スマートフォンのカレンダーアプリを開いて、スケジュールを確認した。織江から誘われたのは、三週間後の土曜の夜だ。パートのシフトはまだ出ていない。明日の朝一番に申請すれば、休みは取れるだろう。太一は朝から夕方まで部活で、昼の弁当と夕食さえ作れば、あとは一人でも大丈夫だ。

ここまで考えて、本当に行くつもりなのかと敦子は自分に問いかけた。まず、ここ数年の曲をまったく把握していない。客側の振りつけやコール&レスポンスを今から復習できるとは思えなかった。それに、コンサートに行くならば、最低でもツアーTシャツとペンライトはほしい。チケット代と手数料にグッズ代、そこに交通費と飲食代を合わせたら、ざっと一万五千円近い出費になる。焼き肉食べ放題の店に、太一と二人で三回は行ける金額だ。

雨に濡れた電車がホームに停まる。席は空いていたが、すぐに降りるからと吊り革を摑んだ。濃紺に塗り潰された窓ガラスに、乗客の姿が映り込んでいる。暗がりが皺の深さと肉の弛《たる》みを強調して、自分の顔が、まるで老婆のそれのように感じられた。

分かっている。窓に映る自分に向かって、敦子は小さく頷いた。コンサートに行くことを躊躇《ちゅうちょ》している一番の理由は、曲を知らないことでも、出費がかさむことでもない。トップアイドルの座に登り詰めた彼らの十年と、育児とパートに忙殺され続けた自分の十年。四十歳前後ながら瑞々《みずみず》しさと美しさを保っている五人と、白髪とシミでよれよれの自分。かつてのように彼らに全力で愛を送り、彼らから放たれる愛を全身で受け止めることができるだろうか。

返事に迷い、一文字も入力できないままメール画面を閉じたとき、電車が自宅最寄り駅に到着した。

やっとビルのドアが開いたと思ったら、あとからあとから中学生と思《おぼ》しき少年少女が外に出てきて、敦子は一瞬、太一を見落とすのではないかと不安になった。太一が初めて幼稚園の運動会に参加したとき、同じ帽子を被った子どもの集団から我が子をなかなか発見できなくて慌てたことを、ふいに思い出したのだった。

サッカー部のエナメルバッグを肩から提げたシルエットは、幸いほかの生徒に紛れなかった。敦子は右手に持ったビニール傘を握り締め、ビルの軒下でマフラーを巻き直している太一のほうへと歩き出す。この傘が最近の冷戦状態を終わらせてくれることを、心の隅では期待していた。唯一の家族とぎすぎすしていては、どうしたって気分もすさむ。互いに快く暮らしたかった。

しかし、敦子が名前を呼ぼうとした瞬間、太一の横に小柄な女の子が滑り込んできた。チェック柄の傘を広げて、太一に笑顔を向けている。傘布が張られたときの、ぱんっという音がすぐ耳元で聞こえたような気がして、敦子は肩をびくつかせた。太一はごくなめらかな仕草で、女の子の代わりに傘の柄《え》を握った。あ、相合い傘。心の中で敦子は呟いた。

敦子は二人のあとを追いかけた。傘に隠され、太一と女の子の顔はまったく見えない。だが、彼らの身体がほとんど密着していることは、後ろからでも充分に見て取れた。傘に収まりきらず、雨を浴び続けているエナメルバッグと、明らかに女の子のほうに傾いている傘の角度が、敦子の脳を強打する。悪夢を見せられているような気分だった。

二人が横断歩道の手前で立ち止まったところで、

「太一」

と、声をかけた。

「マ……母さん」

振り返った太一が顔を強張らせる。友だちの前ではママと呼ばなくなって久しいが、今更ながらに腹が立つ。なぜ格好つけようとするのか。敦子はビニール傘を突き出して、

「これ、おばあちゃんの家から借りてきた。太一のぶん」

と、わざと素っ気ない口調で言った。

「あ……うん」

「この子は？　塾のお友だち？　そんな小さな傘に入れてもらって……。女の子に風邪をひかせたらどうするの」

「まあ……うん」

太一は敦子から受け取った傘をやけにゆっくりと開いた。二人の距離が離れたことに、

敦子は胸を撫で下ろす。太一のことはもう大丈夫だから、と礼を言って女の子に帰宅を促そうとしたとき、少女がやにわに背筋を伸ばした。

「あのっ、初めまして。早川紗南《さな》です」

透き通った声音は、緊張しているのか少し震えていた。耳が隠れる程度のボブカットは黒々として艶《つや》やかで、街灯の光を撥ね返している。どこかで見たような気がする。敦子は紗南の顔を再度確認した。眉は濃く、目は小さいが、きれいな二重だ。唇は薄い。次には彼女の全身に視線を移した。ジーンズに分厚いパーカを着て、肩からトートバッグを提げている。そこにぶら下がる、緑色のダッフルコートを着た小さなクマのぬいぐるみを発見したとき、敦子の息は止まりそうになった。クマの足裏に刺繡された図柄には見覚えがある。ダッフルコーツのロゴだ。そして緑は、スカこと一樹のメンバーカラーだった。

「私は二中で、太一くんと学校は違うんですけど、塾のクラスが一緒で――」

「彼女だよ」

「えっ」

太一の言葉に、敦子と紗南の声が重なった。

「こいつ、おれの彼女。友だちじゃないから」

耳の縁を赤くした太一の隣で、紗南の顔もみるみる赤く染まる。彼女、と敦子はオウム返しに発音した。紗南がぺこりと会釈する。二人の背後で歩行者信号が青に変わり、向こうから人が歩いてくるのが見えた。

「太一は……太一は、彼女を作るために、塾に通ってたんだ」

自分でも驚くほど意地の悪い言い方になった。友秋と喧嘩を繰り返していたころと同じだ。頭の中で警報は聞こえているのに、口を閉じられない。相手の急所を探し求めてしまう。

「塾の月謝だって、安くはないんだけどね」

「すみません……」

「紗南が謝ることじゃねえよ」

飼い主を守ろうとする忠実な犬のように、太一は今にも噛みつきそうな勢いで敦子を睨みつけた。信号が点滅を始める。行くよ、と敦子は横断歩道を駆け出した。しかし、太一はあとに続かない。敦子はそのまま一人で反対側に辿り着いた。

「別れろなんて一言も言ってないでしょう。一時的に、受験が終わるまで距離を置いたらどうかって言ってるの。これから勉強がどんどん大変になることは、太一も分かってるよね？　あの子の進路を邪魔することにもなるかもしれない。二人で高校に合格してから、改めて付き合えばいいじゃない」

襖の前に立ち、敦子は声を張り上げている。敦子より十分遅れて帰宅した太一はそのまま自室に直行して、閉じこもってしまった。構わず襖を開けてやりたい衝動と、そうしたら今度こそ取り返しのつかないことになるという予感がせめぎ合い、引手に指を掛けたまま、敦子は腕を動かせずにいる。

「受験まで、たった一年ちょっとだよ。それくらいも我慢できないの？」

「たった一年ちょっと？　どこが、たっただよ。長《なげ》えよ。勉強が大事だってことは、おれも紗南もよく分かってる。おれにも紗南にも部活だってあるし、相手の邪魔になるようなことはしたくないってちゃんと思ってる。それなのに、なんでママに反対されなきゃいけないんだよ」

理由はある。あるのだ。早川紗南は、まず間違いなく由加里の娘だろう。うっすら記憶している由加里の住所は、紗南が在籍していると言っていた第二中学の学区域に当たる。なにより、トートバッグにぶら下がっていたクマのマスコットが、持ち主がダッフルコーツの一樹ファンであることを示していた。

「だったらせめて塾を替わりなさい。ママが一生懸命働いたお金で太一が彼女に会いに行ってるなんて、とてもじゃないけど納得できない」

嫌いなパート仲間の娘だから別れてほしいとはさすがに言えない。だが、どう説得したって、太一が理解してくれるとは思えなかった。せめて距離を置かせて、そのあいだに両者の好意が冷めることを祈るしかない。しかし、敦子の思惑を見抜いているかのように、太一の態度は頑《かたく》なだった。

「一時的に友だちに戻ったり、太一が塾を替わったり、そうすることで関係が終わっちゃうんだとしたら、お互いにその程度の気持ちでしかなかったっていうことだよ。ね、そうでしょう?」

床を踏み抜きそうな足音と共に、矢のような速さで襖が開いた。眼前に太一が立ちふさがり、上から見下ろされる。背丈を抜かれたことは分かっていたが、思いがけない威圧感に、わずかに身体が竦《すく》んだ。

「ママはいつもそう」

太一の目は充血していた。

「そうって、なに」

「おれのスマホ代も塾の月謝も、全部ママが働いたお金で払ってるって言う」

「だって、そのとおりでしょう」

「でも、パパがいれば、ママがここまで働くことはなかったんじゃないの? 離婚するって決めたのはパパとママで、おれの意思じゃない。全部そっちの自業自得なのに、いちいち被害者面《づら》するなよ。おれを責めるなよ」

うぐっ、と喉の奥から声にならない音が出た。自分を見つめる太一の目つきが、かつての友秋に重なっていく。友秋との口論が増えるに従って、太一の情緒は明らかに安定を欠いていった。指をしゃぶったり、大好きな幼稚園に行くのを渋ったりするようになり、このままではいけないと、敦子は離婚を急いだのだった。

「離婚したってことは、そっちこそ、その程度の気持ちで結婚したってことだろ。おれと紗南のことをなにも知らないくせに、勝手に一緒にするなよ、くそばばあ」

そう怒鳴ると、太一はふたたび襖を閉めた。縁が柱に当たり、ぱしんと大きな音が鳴り響く。それが決定的な断絶を意味しているように思えて、敦子はそろそろと襖から離れた。なにが起こったのか上手く理解できないまま、居間の卓袱台《ちゃぶだい》を窓際に寄せ、布団を広げる。二年前、自分の部屋がほしいと太一に言われた。それまでは、太一が今使っている和室に二人で寝ていた。2DKの狭いアパートだから、こうなると敦子は居間で寝るしかなかった。

風呂は明朝に入ることにして、布団に潜り込んだ。和室からは物音ひとつ聞こえてこない。紗南にメッセージを送っているのかもしれないと想像して、胸が苦しくなる。紗南に向けられていた温かな笑みが、眼差しが、自分に注がれていたときも確かにあったのだ。ママって可愛いね。給食よりもママのご飯のほうが美味しいよ。ママ、ぎゅうってしてあげる。たいちゃんがママと結婚したかったのに。ママは特別だから、このダンゴムシあげてもいいよ。ママ、ママ、ママ――。

それが、とうとう髭が生えてきて、ついにはくそばばあだ。

敦子は手探りでバッグからスマートフォンを取り出した。織江のメールをふたたび開いて、ぜひコンサートに行きたい旨を返信する。暗がりの中で文字を入力しているからか、次第に目の奥が痛くなってきたが、一気に書き上げ、送信ボタンをタップした。

嬉しい、敦子さんと一緒にダフコの二十周年をお祝いできるなんて最高、と、織江からの返事はすぐに届いた。


どうしてあの子の顔が視界に入った瞬間に、こいつのことを思い出さなかったのだろう。ウインナーを一口齧《かじ》り、敦子は考える。紗南と出会って一週間、由加里を見るたび考えている。二人は本当によく似ていて、唇の形などまったく同じだ。この女も三十年前は紗南のような佇まいだったのかもしれない。ふいに浮かんだ想像に、口の中が苦くなった。

「子どもがそれくらいのときのクリスマスが一番楽しいよ。うちなんか、下ももう中二だから、普通にプレゼントをあげて、ケーキを食べて、それで終わりって感じ」

「でも変身ベルトがどこにも売ってなくて、本当に困ってるんですよ。クリスマスまでに手に入るかなあ」

従業員室の小さな流し台の前で、由加里と後輩スタッフは並んで歯を磨いている。敦子の視線を感じたのか、由加里が振り返るような動きを見せたため、慌てて弁当に目を移した。スーパーモリヤスのスタッフは、少しずつ時間をずらしながら昼食を摂ってい る。由加里たちは敦子よりも三十分早く休憩に入っていた。

「そういう悩みも懐かしい。いいなあ」

「えー、早く大きくなってほしいですよ。早川さんのところみたいに、子どもと一緒に映画館に行きたいです。公園とショッピングセンターしか行けない生活にはもう飽きました」

「いやいや、成長なんて寂しいものだよ」

敦子は持参した水筒に口をつけた。たぶん、由加里は紗南に恋人がいることを知らない。長女と違って奥手なんだよね、と後輩スタッフに話しているのを前に耳にしたことがあった。一瞬、すべてぶちまけたい思いに駆られたが、由加里に情報を提供するのも癪《しゃく》で、麦茶と共に衝動を飲み下す。太一と紗南には別れてほしいが、由加里に太一を否定されるのは絶対に嫌だった。

二人が従業員室から出て行った三十分後、敦子も売り場に戻った。タイミングを見計らい、三番レジのスタッフと交代する。スーパーモリヤスは、コンビニエンスストア三軒ぶんほどの小さな店だ。客の大半を地域住民が占めている。昼過ぎのこの時間は、高齢者が多かった。遅めの昼食か夕食に備えてか、惣菜の弁当がよく売れた。

「全部で二千百七十八円のお買い上げになります」
退勤時間の午後五時まで、延々とバーコードを読み取った。従業員室で私服に着替えて、お疲れさまでした、と店を飛び出す。すぐさまスマートフォンを取り出し、イヤホンのプラグを穴に差した。ダッフルコーツのアルバムを再生して歩き始める。コンサートに行くと決めてからは、片道三十分をかけて、徒歩で通勤していた。運動と、離れていたあいだにリリースされた彼らの歌を覚えるためだ。金銭面の事情で新品のCDを揃えるのは難しく、レンタルショップで借りたものを、パソコン経由でスマートフォンに取り込んで聴いていた。

会える。もうすぐ、この声の主たちに会える。

ダッフルコーツは二十年前の十二月一日に、『ダッフルコートで抱きしめて』という楽曲でデビューした。彼らの歌には冬をイメージしたものが多く、今の季節にすこぶる馴染《なじ》む。敦子がトグルだったころは、昱の歌唱力のみが突出していて、あとの四人はパフォーマンスでカバーしているところが大きかった。しかし、年を追うごとに全員が明らかに上達している。歌詞や曲調の幅も広がり、聴いていて単純に楽しかった。

二週間後にコンサートに行くことを、太一にはまだ知らせていない。向こうが譲歩の姿勢を見せない限り、このまま出かけるつもりだ。朝、弁当だけ作って送り出し、そのまま会場に向かう。部活から帰宅した太一は、母親の姿が見当たらないこと、夕食が準備されていない状況に焦るだろう。実家に問い合わせることは予想できたから、コンサートに行くことは親にも告げていない。紗南との一件で、太一との関係はさらにぎすぎすしていた。最低限の挨拶だけ交わして、あとは目も合わさない。くそばばあ。あんまりだ。敦子がコンサートから帰ってくるまでの約五時間、せいぜい不安になればいい。幹線道路の歩道を、敦子は曲に合わせてずんずん進む。コンサートに行くことを決めたのには、もうひとつ理由があった。チケットが当たらなかったという紗南への密かな当てつけだ。あの子は会えない、私は会える。いい気味だ。

空は高く、雲は淡い。深呼吸をすると、肺に冷たさを感じた。

スニーカーに足をねじ込んだ太一は、今日も振り返らない。いってきます、と、それがまるで呪詛《じゅそ》かのように呟いて、ドアを開けて出て行った。あの頑固な性格は誰に似たのだろう。どうでもいいことを話しかけてくれたり、ちらりとでも笑顔を見せたりしてくれれば、水に流そうと思っているのに。敦子は首を振り、内側から鍵を掛けた。

今日は仕事が休みだ。スマートフォンのスピーカーからダッフルコーツの歌を流して、溜まっていた家事を片づけていく。床を拭き、資源ゴミを分類してまとめた。いつもはそれなりの気合いを必要とするが、今日は音楽のおかげか身体が軽い。好きな人の歌にはそういう力があったことを、敦子は久しぶりに思い出した。

解凍した冷凍ご飯に納豆をかけて昼食を済ませたのち、敦子は洗面所で長袖の肌着一枚になった。寒いが、服を汚すよりはましだ。百円ショップで購入したビニール製のケープを頭から被り、隙間ができないよう襟元を合わせる。戸棚から外国人ふうの女性の顔が描かれた箱を取り出して、背面の使用方法に改めて目をとおした。これで本当に白髪が目立たなくなるのだろうか。疑念は消えないが、美容室のカラー料金は敦子には高すぎた。

コンサートまで、あと約一週間。顔につける化粧水の量を増やしたり、ファストファッションの店で服を新調したり、気持ちは日々高まっている。家と職場の往復一時間のウォーキングも、身体を少しずつ引き締めているようだ。コンサートを楽しむには自分にも相応の努力が欠かせないという感覚が、敦子の中によみがえりつつあった。スマートフォンから流れていた歌が、アップテンポなものに替わった。

「よしっ」

箱を開ける。昨日、近所のドラッグストアで買った白髪染め剤は、クリームタイプのものだ。扱いが楽そうな、調合の必要がないことを謳《うた》っている商品を選んだ。容器のボタンを押して絞り出したクリームを、付属のブラシに歯磨き粉のように載せる。刺激臭が鼻をつき、慌てて風呂場の換気扇を回した。

「うわっ、冷たいっ」

髪にクリームをつけた瞬間、声が出た。ブラシを動かすたび、ねちゃねちゃと不快な音がする。クリームは薄黄色で、これで本当に黒くなるのか、不安は増すばかりだ。髪の毛を少しずつ分けながら全体に塗るようにと説明書には書かれていたが、鏡を見ながら思い通りに手を動かすことは想像以上に困難で、何度も腕が攣《つ》りそうになった。

ダッフルコーツの歌、四曲ぶんの時間を費やして、なんとかクリームを塗り終えた。付属のコームブラシで全体を均一に整えて、ようやく一息吐く。あとは二十分ほど馴染ませて、洗い流せば完了だ。風呂場に移動して、浴槽の縁に腰を下ろした。ケープを被り、頭をクリームまみれにした自分が鏡に映っている。スマートフォンから聞こえてくる、過ぎ去りし青春時代を嚙み締めるようなミディアムバラード。敦子はそっと目を閉じた。

初めて髪を染めた、高校一年生の夏休みの記憶が脳裏を過《よ》ぎる。銅のような赤っぽい茶色にしたかったのに、黒髪がぼんやり明るくなっただけでがっかりしたこと。一緒に挑戦した友だちは金髪を目指したのにまだらな茶髪になり、もう外を歩けないと号泣していた。それでも夕方になって別れるころには、二人で顔を見合わせて大笑いした。

大人っぽくなりたかった。自信に満ちた足取りで街を歩きたかった。自分たちのことを自由だと思いたかった。別に男子の気を惹きたくて染めたわけではない。一生に一度しかない十六歳の夏を、とにかく全力で楽しみたかった。

あのときと今の気持ちに、さほど大きな違いはないことに気づく。ダッフルコーツのメンバーの目に、自分が映るかどうかは関係ない。いくら着飾ったところで、彼らと親しくなれないことは分かっている。ただ、その日を特別な一日にしたい。好きな人たちがもっとも輝きを放つ空間に、しょぼくれた格好では行きたくない。その一心で、ファンは念入りに己を磨くのだ。

白髪はむらなくきれいに染まり、目立たなくなった。

ドーム周辺の飲食店はどこも混雑していた。客の九割は女性で、そのほとんどが、五色のダッフルコートのイラストがボーダーふうにプリントされたトートバッグを持っている。ダッフルコーツの二十周年記念ツアーバッグだ。敦子と織江は相談して、電車でひとつ隣の駅に移動することにした。

少し移動しただけで、トグルと思しき人影はだいぶ減った。駅前のドーナツ屋に空席をふたつ見つけた敦子と織江は、迷わず店に飛び込んだ。油の香りが空っぽの胃を刺激する。カウンターで購入したドリンクとドーナツを席に運び、まずは大きく息を吐いた。

「あー、寒かったね」

「でも、思っていたよりも並ばなくてよかったです」

カフェオレのマグカップを両手で包み、織江は微笑んだ。彼女と会うのは、実に十二年ぶりだ。腰まであった髪がショートカットになっていたことには驚いたが、小さくて薄い体つきや、ウサギのような愛らしい顔立ちは変わらない。髪の毛は明るい茶色で、もちろん白髪は見当たらず、自分のたった二歳下とは思えなかった。

「そうだね、余った時間でこうしてお茶もできたし。織江ちゃんから五時間待ちかもしれないって言われたときには驚いたよ」

「前回のツアーがそうだったんです。でも今回は、福岡、札幌、大阪ときて、東京が四ヶ所目。しかも、水曜と木曜でプレ販をやってくれたから、今の時点ですでにグッズを持っている人が多いんでしょうね。本当に助かりました」

「ダフコもプレ販をやるようになってたとは……。びっくりしたよ」

「今やダフコは国民的アイドルですから」

織江は大きめの前歯を見せて笑った。プレ販とはプレ販売の略で、コンサート当日のグッズ販売ブースを混雑させないために行われる。敦子がトグルだったころは、コンサートが始まる前に一、二時間も並べばグッズを購入できた。売り切れに怯えることもなかった。

「グッズのデザインも全部お洒落《しゃれ》で、昔からは考えられないよね。思わず全員のクリアファイルまで買っちゃった」

五人それぞれ写真写りがよく、贔屓の比呂也だけを買うというわけにはいかなかったのだ。敦子は頬を緩ませて、グッズが入っているバッグに目を遣った。

「織江ちゃんは、明日も行くんだっけ？」

「はい。あと、名古屋の初日ですね」

「よく取れたねえ」

「名古屋のチケットは関西に住んでいるトグルが取ってくれました。私が取れたのは、今日と明日です。いやあ、今回は本当に倍率が高いですよ。さすがはアニバーサリーツアーって感じです」

「そんなに貴重なチケットを、私なんかにありがとう」

敦子はとにかくチケットが取れなかった十数年前のことを思い出していた。ダッフルコーツのコンサートには、ファンクラブの名義ひとつにつき四人まで申し込むことができ、抽選にかけられる。仲間を頼れば同伴者として行くことも可能だが、自分が年会費を払っている名義の落選が続くのは、ダッフルコーツ側に無視されているようで寂しかった。

「行くって返事をもらったとき、すごく嬉しかったです。敦子さんはもうダフコには興味がないかもしれないって、正直なところ不安でしたから」

「ダフコにまったく興味がなくなることは、たぶん一生ないような気がするな。織江ちゃんに比べたら、たかだか八、九年かもしれないけど、あのころの私にとって、ダフコは自分の一部だったから」

ヨーグルトだけではない。ダッフルコーツがなにかの広告に採用されて、商品のパッケージに五人の写真が載ったり、ポスターが店内に貼り出されたりするたび、敦子は驚き、喜び、昔を懐かしんだ。生活や考え方の中心に彼らがいたあの数年間は、敦子にとってあまりにも特別だった。

そうですね、と織江は頷き、チョコレートでコーティングされたドーナツを齧った。

「敦子さん、今日はちょっとびっくりすることもあるかもしれません。敦子さんがトグルだったころに比べて、ファンの雰囲気がだいぶ変わったんです。信じられない勢いで新規が入ってきて、マナーを守れないトグルも増えました。MCのときにメンバーの名前をコールしたりとか、自分の目当てじゃないメンバーのソロ曲のときには席に座ってスマホをいじり出したりとか……」

「そんなことになってるの？」

敦子は手の中にあったマグカップを思わずソーサーに戻した。液面が大きく揺れて、カップの縁から溢れそうになる。かつてのトグルは、もっともマナーが優れている男性アイドルファンとも言われていた。敦子の反応に、私もこんな小姑みたいなことは言いたくないんですけど、と織江は眉尻を下げた。

「私はダフコで儲けていい立場ではないので、どうしてもチケットが余ってしまったと

きも、定価でしか譲らないようにしていますが、このツアーのチケットは一部で相当高

騰していますから、ネットで募集をかければ、今日の同伴者も数秒で見つかったと思う

んです。でも、前に一度、マナーの悪い人と取引してしまったことがあって……。それ

以来、知らない人と一緒に入るのが怖いんです。特に今回は二十周年のお祝いの場です

から、絶対に信頼できる人にしか譲りたくなくて」

「……ありがとう」

ふたたび礼を告げた声は、先ほどよりも湿っぽくなった。織江が笑顔で首を振る。その後はしばらくダッフルコーツの話で盛り上がった。バラエティ番組でお化け屋敷に入ることを本気で拒否した憲吾が、いかに情けなくて可愛かったかということ。塁の手がけた作詞がとても独特で、ファンにも意味が分からないということ。世界的ハイブランドのモデルに抜擢された一樹が、真面目な顔でポーズを決めているのがおかしくて堪らないこと。リアクションがどんどん大きくなっている比呂也が、世間からは芸人のように認識されつつあること。牛丼屋のCMに一人出演している豊春が、幸福そうな表情を浮かべていたこと。

ひとつの話題がいくつもの思い出話を呼び起こして、互いに息つく間もなかった。カフェオレはすっかり冷め、暖を取るためではなく、喋りすぎて渇いた喉を潤すための飲みものになった。ふたつのカップが空になる。二人で同時に壁の時計を確認すると、開

場までまだ一時間以上あった。揃ってレジカウンターに向かい、カフェオレのおかわりを注文した。

「そういえば、息子さんはおいくつになったんですか？　太一くん……でしたっけ？　敦子さんと前に会ったときは確か二歳で、旦那さんに預けてコンサートに来てたんですよね？」

「もう十四歳。中学二年生になったよ」

「えっ、中学生？　信じられない、時間の流れが早すぎる。そりゃあトヨが四十一歳になるわけですよね」

織江は特に豊春を応援していた。両頬に手を当ててため息を吐く彼女に同意しながら、敦子はドーナツの最後のひとかけらを食べた。油を吸った生地が、口の中でしゃくしゃくと鳴っている。そろそろサッカー部の練習が終わるころだろうか。結局、太一の尖った態度は今朝になっても変わらなかった。早起きをして作った弁当を乱暴な手つきでエナメルバッグに突っ込まれたときには抗議の声を上げそうになったが、今日の計画を思い出して、ぐっと飲み込んだ。

あと一時間もすれば、太一はおそらく家に着く。敦子の不在を、最初はパートに行っているからだと思うかもしれない。しかし、一時間が経ち、二時間が過ぎて、それでも帰ってこないと分かったとき、太一はなにを思うのか。母親のありがたみを痛感してほしいと切に思う。そうすれば、紗南との付き合いを見直そうという気にもなるだろう。

「あのときに、太一は絶対にアイドルにしないって敦子さんが言ったこと、私、いまだに忘れられないですよ」

「えっ、なに？　なんの話？」

「えーっ、覚えてないんですか？」

織江は目を丸くした。

「お腹の子が男だって分かったとき、敦子さん、子どもはダフコと同じ事務所に入れるんだって、私にメールをくれたんですよ。それを思い出して、太一くんの将来が楽しみですねって私が言ったら、あれはやっぱりやめた、太一はアイドルにしないって、敦子さんが断言して」

「全然覚えてない。でも、その決断は正しいと思うよ。うちの子にアイドルなんて、絶対に務まらない」

今の太一の無愛想な性格や、がっちりとしたがたい、黒く焼けた肌を思い浮かべると、彼にアイドルの適性があるとはとても思えなかった。太一がきらびやかな衣装を着て、ステージの上で歌って踊り、歓声を浴びている姿は、まったく想像がつかない。コントみたいだ。

「違いますよ。そうじゃないです」

いたずらっぽい目つきで織江は笑った。

「太一は自分だけのアイドルだから」

「えっ」

「敦子さん、そう言ったんです。だから、みんなのアイドルにはしたくないって」

「自分だけのアイドルかあ」

敦子は苦笑した。太一のことばかり考えて、太一と日がな一日一緒にいたころの感覚は、ダッフルコーツを追いかけていたときと確かに通じるものがあるかもしれない。太一の喜びが自分の喜びだった。太一の悲しみが自分の悲しみだった。この子のためならなんでもできると思っていた。それが、いつからこんなに距離を感じるようになったのだろう。

「織江ちゃんこそ、どうなの？　今でも結婚は考えてないの？」

暗くなりそうな思考から逃れようと、敦子は話題を変えた。初めて会った時から、織江はダッフルコーツを全力で応援するために、死ぬまで独り身でいたいと言っていた。実際、三十八歳になった今も未婚で、恋人ができては別れてを繰り返しているらしい。簡単な近況報告は、グッズ販売の順番を待っているあいだに聞いていた。

「いやあ、今は全然その気がないっていうわけでもないんですけどね」

やはり十年とは人が変わるのに充分な時間のようだ。うん、と敦子は相槌を打った。

「私が結婚したくなかった理由は、ダフコをずっと追いかけていたかったっていうのが一番大きいんですけど、もうひとつ、うちは親が不仲で、だからこそ幸せな家庭を築きたくないっていうのもあったんです」

「逆じゃなくて？　複雑な家庭で育ったから、自分は幸せな結婚をしたかったっていう人の話は聞いたことがあるけど」

「私が幸せな家庭を築くことができたら、親の育て方が間違っていなかったことの証明になるような気がして、それが嫌だったんです。結果オーライに押し込まれることから逃げたかったんですよね。私が刹那《せつな》的にしか男の人と付き合わないのは、おまえたちがこういう娘にしたんだって、親に無言の抗議をしているところもあったと思います」

「そうだったんだ」

自分がいずれ結婚して誰かの妻や母親になることを、敦子は幼いころから疑ったことがなかった。比呂也の格好よさにのぼせ上がっていたときにも恋人はいて、現実の恋愛関係は恋愛関係として、トグルの活動に差し支えない程度に楽しんでいた。

「自分の子どもが素敵な相手と温かい関係を結ぶことができたら、親はそれを誇っていいような気がしちゃうんです。もちろんそれがすべてだとはまったく思わないんですけど、子どもの恋愛や結婚は、親の成績を表す通知表のひとつにはなるんじゃないのかなって。だから、我が子に結婚や出産をせっつく親が減らないのかもしれないです」

ダッフルコーツの個人ファンサイトで知り合ったとき、織江は大学一年生だった。卒業後、一般企業に就職したことは聞いていたが、どんな仕事をしているのかと尋ねたことはない。もしかしたら、子どもや教育に関する職業かもしれないと、敦子は直感的に思った。

「でも、親への抗議のために、自分の人生がよくなる可能性をドブに捨てていたとしたら、それこそ馬鹿馬鹿しいじゃないですか。最近やっとそんなふうに思えるようになったんですよね。だからまあ、いい相手と出会えたらっていう感じです」

そろそろ会場に向かいましょうか、と、マグカップをトレイに載せて織江が立ち上がった。敦子も腰を浮かせてコートを羽織り、荷物を手早くまとめる。横に並んで駅に戻りがてら、

「織江ちゃんは、どういう人と結婚したいの？」

と尋ねると、織江は考え込むように目を伏せた。そういえば、この手の質問を誰かにするのは随分久しぶりだ。いつの間にか周囲には既婚者しかいなくなっていた。

「そうですね。やっぱり、私がトグルであることを含めて好きになってくれる人がいいです」

「そこは譲れないんだ」

「ダフコは私の一部ですから。敦子さんの旦那さんみたいに、子どもが生まれてからも

コンサートに行けるように協力してくれる人だったら、めちゃくちゃ最高ですよね」

一瞬、なにを言われたのか分からなかった。改札にIC乗車券を押し当てたときのピッという音色で、そうか、十二年前に織江と会ったときにはまだ結婚していたのかと、はっとする。離婚したことは知らせなかったから、織江の中では、敦子の結婚生活は今でも順調に続いているのだろう。

訂正するべきか、否か。迷いながら階段を上がったとき、電車がホームに滑り込んでくるのが見えた。あれに乗りましょう、という織江の掛け声に、敦子は事実を告げるタイミングを失った。


会場の照明がロウソクに息を吹きかけたように消える。ペンライトの黄色い光が客席を埋め尽くし、まるで星に囲まれているみたいだ。正面の巨大モニターにはオープニングムービーが映し出され、そこにダッフルコーツのメンバーが登場するたび、ファンはいちいち歓声を上げた。間もなく本人たちが出てくることは分かっていても、映像の彼らに興奮せずにはいられないほど、ドーム内の熱気は高まっている。敦子もペンライトの柄を握り締めた。身体の底からわくわくが込み上げてきて、気を抜くと泣きそうだ。

コンサートの始まりはいつもこうなることを思い出した。今、自分がここにいることに、誰彼構わず感謝したくなるのだった。

映像が終了すると、会場はふたたび暗くなった。センターステージに向かって無数の赤いレーザーが突き刺さり、あっと思った次の瞬間、床が開いて、五人がポップアップで現れる。赤、紫、緑、白、青。それぞれのメンバーカラーの衣装を身に纏《まと》った五つのシルエットが左腕を天に突き上げた。会場を揺るがすほどの黄色い声が轟《とどろ》き、敦子の口からも、きゃあああという悲鳴にも似た声が放たれる。

トヨだ、ぐっぴーだ、スカだ、みやちゃんだ、るいるいだ。

敦子と織江の座席は、スタンドのやや左寄り後方だった。全体を俯瞰《ふかん》で眺めることができる。最新アルバムに収録されていた歌のイントロが大音量で流れ出し、敦子はペンライトを振る腕を加速させた。

「東京のみんなー、会いたかったよー」

「最後まで俺たちについてこい」

「嫌なことは全部忘れて、楽しんでいってね」

「ねえ、みんな、もっと声出せるんじゃないのーっ」

「僕たちはみんなに会いにきたんだよー」

敦子は瞬きを我慢して、光が集まるその先を見つめ続けた。五つの身体がしなやかに動き、衣装の裾がひらめく。メロディやリズムに合わせて水柱が立ち上がり、スモークが焚《た》かれて、炎が燃え盛った。バラードは凛として厳《おごそ》かに、ダンスナンバーはどこか退廃的に。上下左右に動くステージ、五人を乗せて馬車のように外周を回るフロート、メンバーを宙づりのように吊り下げるクレーン。特殊効果も舞台装置も、十数年前のステージとは規模が格段に違っていた。そこにいるだけで何百万人の心を鷲づかみにする人間が、練りに練られた演出によってさらに美しく表現されている。モニターにアップで映し出される表情と、豆粒大の生身の彼らを忙《せわ》しなく見比べているうちに、敦子の目は眩《くら》んだ。足に力が入らなくなり、席に座り込みそうになった。

「すごい……みんな、すごい……」

呟いた声は、たちまち周囲の歓声に掻き消された。一樹と塁は全体的に少し肉がついたようだが、二人はもともとかなりの痩せ型だったため、むしろ安心して見守れる身体つきになっていた。ダンスのキレは全員変わらない。ダンスを苦手としていた一樹に至っては、数倍上達したようにも感じられる。得意げな顔で客席を指差して、流し目を送って、ウィンクをして。彼らのパフォーマンスには、細部まで自信がみなぎっていた。とても四十歳前後の男たちには思えない。年齢を完璧に超越している。ファンの声や愛を受け入れられる器が、とんでもなく大きくなっていた。

これが、トップアイドル——。

想像を遥かに上回り、五人は立派になっていた。彼らの十年と自分の十年を、一瞬でも比べたことが恥ずかしい。敦子が応援していたころの、隙も含めた可愛らしさはもうなかった。彼らの指先の動きひとつに、会場の五万人がこぞって反応する。ダッフルコーツのいるところが、世界の真ん中になる。

「ああ……遠いな……」

寂しい。寂しいという言葉が胸の中でどんどん膨らんでいることが悲しい。敦子は自分の胸元を見下ろした。開演前に着た今回のツアーTシャツには、数字の20とメンバーのイニシャルが格好よく配置されている。彼らの成功を心底願っていたはずなのに、今は昔の距離感が恋しくて堪らない。会場がホールだったときには、彼らの汗が飛び散るさまを何度も肉眼で捉えた。視線が合ったと錯覚することもできた。

これに似た気持ちを、最近はもっと身近なところでも味わっている。ペンライトを振りながら、敦子は自宅に思いを馳《は》せた。夢中でコンサートを鑑賞していても、ふとした瞬間に太一の顔が頭を過ぎる。早く大人になってほしい。でも、遠くにいってしまうと寂しい。自分だけの存在でいてもらいたい。太一は今、なにをしているのだろう――。

トークタイムを挟んで後半は、コンサートの定番曲を中心に披露された。それが終わったかと思えば、歴代シングルのサビを繋ぎ合わせたメドレーが始まって、二十周年を祝おうという会場内の雰囲気が一気に高まった。メドレーは、最新の楽曲を皮切りにして、時間を巻き戻していくような構成になっていた。二十数曲を過ぎたあたりから、敦子の身体に染みついている歌ばかりが流れ始め、ＣＤを買った日の天気や、雑誌のインタビューでメンバーが話していたことが、フォトアルバムをめくるように思い出された。五人がセカンドシングルを熱唱して、次はいよいよ、と敦子が身構えたところで、メドレーは途切れた。歌いながらメインステージに移動していたメンバーが、等間隔に横に並ぶ。右端に立った豊春が、みなさん、本日は誠にありがとうございました、と口を開いた。最後の挨拶だ。コンサートが終幕に近づいている。

「みなさんも知ってのとおり、二十五年前の僕は、合格したら高級ステーキ店に連れていってあげるという母親の言葉に釣られて、今の事務所のオーディションを受けました。アイドルがどういうものなのか全然分かっていなかった僕が今ここに立っているのは、ファンのみんなと、これまでダッフルコーツに関わってくださったすべての方々のおかげです。本当にありがとうございました」

豊春は頭が床につきそうなほど深々と頭を下げた。客席のあちこちからすすり泣くような声が聞こえてくる。ふと隣を見れば、織江も目に涙を浮かべて肩を震わせていた。トヨがアイドルになってくれてよかった、トヨがいなかったら私は頑張れなかった、と織江が言うのを、敦子は何度も聞いている。彼女の腕を優しく擦《さす》った。

続いて、豊春の隣に立っていた塁が、同じく二十周年を迎えられた喜びを珍しく熱っぽく語った。その次は一樹だ。二十周年なんて通過点だ、三十周年も四十周年も百周年も僕はみんなと迎えたいとぐちゃぐちゃの顔で訴えて、百はさすがに無理だよ、と豊春につっこまれる。四番目の憲吾は、涙もろい彼らしく、すでに大泣きしていた。発言がほとんど聞き取れない事態にファンの涙も引っ込んで、会場に笑い声が広がる。最後が、比呂也だった。彼は、身体から水分がなくなるよ、と憲吾を温かい口調でからかったのち、俺たちは決して順風満帆なグループではありませんでした、と客席に向かって語り始めた。

「インタビューで何度も話してきたことですが、俺たちは、二年目から六年目くらいまで、毎年のように解散の道があることを事務所からほのめかされていました。メンバーを増やしたらどうかと言われたこともあります。そういう提案の全部に、この五人で頑張りたいです、もう少しこのままでやらせてくださいと、俺たちは答えてきました」

司会もこなす比呂也は、喋りが五人のうちでもっとも上手い。的確な間《ま》と明瞭な発音で、グループの軌跡を述べていく。比呂也を通して語られる物語は、すでに知っていることよりもドラマチックに感じられる。いつの間にか、うん、うん、と敦子は相槌を打っていた。

「この中に、ファーストコンサートに来てくれた人っていますか?」

急に投げかけられた質問に、えっ、と敦子は目を見開いた。

「もしいたら、ペンライトでも団扇《うちわ》でも手でもいいから、ちょっと振ってみてくれないかな」

敦子は織江と顔を見合わせたのち、ペンライトを持った右手を大きく振った。たったこれだけのやり取りなのに、比呂也と直接言葉を交わしているような錯覚にとらわれる。鼓動が速くなった。客席に目を向けると、同じように揺れている黄色い光は、スタンドにもアリーナにもぽつぽつ見られた。

「ありがとう。やっぱりいるんだね。すっごく嬉しいです」

そう言って比呂也は頭を下げた。四人も感極まったような表情であとに続いた。

「トヨが言ったように、俺たちが二十周年記念コンサートなんて大それたものができたのは、今までダッフルコーツに関わってくれたすべての人のおかげです。今日ここに来てくれたみんなに、来たくても来られなかったみんなに、どう言葉にすればいいのか分からないくらいに感謝しています。でも」

比呂也はここで言葉を切って、客席の端から端までをゆっくりと見回した。

「今、手を振ってくれた人。あなたがいたから、俺たちはダッフルコーツで頑張りたいと思い続けることができました。あのときステージから見た景色は、今でも忘れられません。ダッフルコーツをここに連れてきてくれて、本当にありがとう。俺たちの今があるのは、あなたのおかげです」

わあっ、と今日一番の歓声が上がった。同時に巻き起こった拍手には、おそらく、こちらこそ、の意味が込められている。だが敦子は、会場の雰囲気にすぐには染まれなかった。頭の中が真っ白だ。助けを求めるように隣を見ると、織江は静かに涙を流していた。その光景に、数秒遅れで比呂也の言葉が心の深いところで弾けた。

今があるのは、あなたのおかげ。

おっぱいを求めるか細い泣き声。おむつを取り替えるときに、よくおしっこをかけられたこと。初めて爪を切ったときには、緊張のあまり脂汗を掻いた。臍《へそ》の緒が取れたときは、喜びの声を上げて友秋に見せた。生え始めの真珠のように白い歯と、それに乳首を思いっきり噛まれて泣いた日のこと。歩き始めて固くなった足の裏と、抜けた乳歯、濃くなってきた臑毛《すねげ》に、真っ赤に膿《う》んだニキビ、そして、淡く燻されたような髭。

繋がっていた、無駄じゃなかった、届いていた。敦子は左手で口元を覆った。

今のアパートに越してきたとき、僕とママのおうちだね、と太一が笑ったこと。パート先を変えようかと思ったときに、太一の寝顔を見て踏んばったこと。太一が完食してくれると分かっているから、早起きして弁当が作れること。

アイドルが愛そのものなら、太一は本当に自分だけのアイドルだった。いつも自分に張り合いややる気をくれた。敦子は周囲から遅れて、力いっぱい手を叩いた。

「それでは聴いてください」

声を揃え、ステージ上の五人が一斉に前を向いた。

「ダッフルコートで抱きしめて」

ポップなラブソングが歌われている間中、敦子の視界はにじんでいた。

公演の終了を知らせるアナウンスが流れたのと同時に、敦子は座席の下からバッグを引っ張り出した。スマートフォンには十一件のメッセージが届き、七件の着信履歴が残されていた。いつ帰ってくるの？　どこにいるの？　まさか事故にあってないよね？　次第に切羽詰まってくる文章に、敦子は心臓を握られたような気持ちになる。太一からの最新のメッセージには、とりあえずばあちゃんの家にいるから、と書かれていた。

混雑と混乱を避けるため、帰りはブロックごとの規制退場となっている。このあたりは当分出られそうにない。敦子は織江に断りを入れて、実家に電話をかけた。呼び出し音が耳の中で無邪気に鳴る。罪悪感に耐えかねて視線を落としたとき、開きっぱなしのバッグから、グッズ販売で購入した五枚のクリアファイルがちらりと見えた。

一樹のファイルを持っているべきは、自分ではない。

そんな思いが光のように閃《ひらめ》いた。自分には、このファイルをプレゼントしたい相手がいる。来週の塾の日に、太一を通じてあの子に渡そう。喜んでもらえたら、いつか二人でダッフルコーツの話をしようと誘おう。並んでDVDを観ながら、五人の格好よさを存分に語り合いたい。今日のトークコーナーで一樹が一発芸を披露して盛大に外したことも、あの子に教えてあげたい。

呼び出し音が切れた。もしもし、と、不安げな囁きが鼓膜を震わせる。敦子は小さく息を吸い込んで、もしもし、ママだけど、と声を吐き出した。

キャッチボール・アット・リバーサイド

「これは和佳《わか》が」

唇の左端に手を当て、千晃《ちあき》は長い沈黙の末に口を開いた。まさか、という驚きに、体温が急上昇したかのようだ。大悟《だいご》は自分の興奮を悟られないよう、なるべく冷静に、うん、と相槌を打った。髪の隙間から覗く千晃の淀《よど》んだ瞳に、一瞬、月明かりのような光が射し込む。

「あ、和佳っていうのは俺の奥さんで……いや、元奥さんか」

「知ってるよ。俺、二人の結婚式に呼んでもらったし」

なんでもない口調で大悟は応えた。本当は、おいおい、たった三年前だぞ、呆けるには早すぎるだろ、と混ぜっ返したかったが、嚙み合っているとはとても言えない千晃とのやり取りに、彼と自分では、やり過ごしている時間の早さが違うことを思い知らされていた。

「というか、俺らが顔を合わせるのって、千晃の結婚式以来じゃないか?」

「あー、そうかも。大悟は東京まで来てくれたんだったな」

「そうそう、俺と洋佑《ようすけ》と学《がく》と三人で行ったんだよ」

「そうだ、洋佑と学も来てくれたんだった」

千晃は小さく頷き、白っぽい指先でグラスを摑んだ。少し震えているようだ。茶色い液体がかすかに波打つ。グラスの中身はウーロン茶で、服用している薬の関係でアルコールが飲めないことは、店の名前と場所を伝えたときに返ってきたメッセージで知っていた。大悟の大学時代の後輩が経営しているこの小さな居酒屋は、水曜の夜にもかかわらず、席の半分以上が埋まっている。一番奥の、二人掛けのテーブルを予約しておいてよかった。大悟は千晃に視線を据えたまま、温《ぬる》くなってきたビールで唇を湿らせた。

「本当は俺は、野球部の仲間を全員呼びたかったんだ。でもそうすると、和佳側の招待客と人数が釣り合わなくなるってウェディングプランナーの人に言われて。それで大悟と洋佑と学にだけ声をかけたんだよ」

「あれでよかったよ。将志《まさし》や滋《しげる》があの場にいたら、絶対に大変なことになってたぞ。酔っ払って全裸になったり、お洒落《しゃれ》なプールに飛び込んだり」

「確かに。あの二人は酒癖が悪いからなあ」

千晃はやっと少し力を抜いて微笑《ほほえ》んだ。鼻にかかるほど伸びた前髪と、髭の剃り残しが目立つ顎。チェックのネルシャツは皺くちゃで、しかも、ボタンをひとつ掛け違えている。もしも今、かつての同級生が偶然この店のドアを開けても、大悟の正面に座っている男があの丸山《まるやま》千晃だとはまず気づかないだろう。定期試験の学年順位は必ず十番以内、野球部では二年生からエースピッチャーを担い、他校にもファンがいた。それが、二十五年前の千晃だった。

「あのときは立派なホテルを取ってくれてありがとな」

本当は千晃が言いかけた言葉の続きを追及したかったが、切り出し方が分からずに、大悟は結婚式の話題に便乗した。光沢のあるグレーのタキシードを身に着けた千晃と、真っ白なドレスを着た新婦の姿が自然と脳裏に浮かび上がる。膨らんだ袖から伸びる新婦の腕は、まるで白樺《しらかば》の枝のようだった。はっきりした顔立ちが美しく、披露宴の間中、深紅に染められた唇を横に引いてにこにこしていた。

「あの日の夜は、三人でキャバクラに行ったんだっけ？」

「学の奴が、こんなチャンスは滅多にないって言い出してさ。どこの店の女の子が可愛くて、しかも安いか、あいつのリサーチ、完璧だった」

「学は結婚が早かったからなあ。まだ遊びたいんだろうな」

「なんといっても、あの学だからな」

中学時代の学は、公式試合でレフトを守っているときも、応援に来ている女子の顔ばかりチェックしている男子だった。俺らの代で初めて部室にエロ本を持ち込んだのも学だったよね、と千晃は続けた。

「あ、『爆乳制服図鑑』だろ。懐かしい」

「でも、女子に格好いいところを見せたいものだから、意外と試合ではいい守備を見せるんだよ。何度か際どい当たりを助けてもらった」

「二年のときの、第三中との試合か」

「そうそう。試合のあと、おまえにそんな根性があったとは知らなかったって監督から褒められてて、俺、笑っちゃったよ」

学の話は終わらない。もしかして千晃は、さっきの発言をなかったことにしたいのではないか。大悟は焦燥感に駆られる。これは和佳が——。その先にこのまま辿り着けなかったらどうしよう。嫌だ、知りたい。せっかく質問したのだ。千晃の身に起こったことを教えてほしい。焦るあまり、あれはおかしかったな、と応える口調がぎこちなくなったのを感じた。

「学は全然変わらないよな。東京でキャバクラに行ったことも、結局、店のポイントカードから奥さんにバレて、めちゃくちゃ怒られたんだろ」

「土下座して謝ったって言ってた。あそこは学が尻に敷かれてるところがあるから」

「そのほうが上手くいくって言うよな、夫婦は」

「どうなんだろう」

「俺も……尻に敷かれてるつもりだったんだけど」

思いがけず千晃の声が暗くなり、大悟はワイシャツの内側で腕に軽く鳥肌が立ったの

を感じた。これは、話の軌道を修正するチャンスだ。小さく息を吸い、

「それで、和佳さんがどうしたって？」

と、自分の口元をもう一度人差し指でつついた。向かい合わせに座る千晃の唇の左端には、赤黒い糸で刺繍したような二センチほどの傷が走っている。この傷には、店の前で顔を合わせたときから気づいていた。また、長い前髪の下では右の瞼《まぶた》が腫れ、目の周りに大きな痣《あざ》があることも、すでに分かっている。

「うん、これは和佳が――」

「大悟さん、これ、うちの人から。今朝獲れた金目を煮たって」

そのとき、金色に近い茶髪を後頭部でひとつにまとめた女の店員が、大悟と千晃のテーブルに和柄の中鉢をどんと置いた。白い湯気が立ち上り、一瞬、千晃の顔にぼかしがかけられたようになる。店員は、この居酒屋を営んでいる後輩の妻だ。大悟は苛立ちを覚えながらも彼女に礼を述べ、カウンターの向こうに立つ割烹着姿の後輩にも手刀《てがたな》を切ってみせた。

「わ、美味《おい》しそう」

鉢を覗き込み、千晃が弾んだ声を上げる。金目鯛は、大悟たちが暮らす静岡の街の名産品だ。そういえば、これは千晃の好物だった。差し迫った雰囲気はあっという間に一掃され、果たして傷の真相に触れることはできるのか、大悟の焦りはまた膨らんだ。

しかし、千晃は煮つけを一切れ自分の小皿に移すと、

「この傷は、和佳につけられたんだ」

と、今までの躊躇《ためら》いが嘘だったかのように、あっさり告白した。

「素手で？」

「まさか。これは……なんだったかな。スプーンで殴られたときだったかも」

「ナイフとかフォークとかじゃなくて？」

「スプーンの先も意外と切れるんだよ」

千晃は小皿に視線を落としたまま、知らないよね、俺も知らなかった、と声に笑いをにじませて答えた。千晃が俯くと、伸びた髪の毛が彼の顔の半分以上を覆い隠し、表情がいまいち読み取れない。千晃は今、本当に笑っているのだろうか。俺はいいから好きなだけ食べろよ、と大悟は鉢を正面に押しやった。

「ありがとう。これ、美味しいね」

「それで、和佳さんがスプーンで殴ってきた理由はなんなの？」

大悟は残りわずかだったビールを飲み干した。

「俺が皿を洗わずにソファで寝てたから、だったかな。よく分からないし、覚えてない。和佳はちょっと難しい気質の子だったから、怒られることは珍しくなくて。もちろん、和佳の中ではどれも筋が通ってたんだろうけど」

「いつから？」

「日常的になったのは、去年くらいからかな」

「それまでは？」

なんだかやけにいろいろ訊くね、と千晃は目を細めて、

「軽く叩かれたりつねられたりすることは、付き合っていたころからあったよ。さっきも言ったけど、和佳は少し気難しくて……心があまり強くなかったんだ。そういうところも受け止めたいって、俺は思ってた」

「うん」

「でも、道具を使われるようになると、さすがに無傷では済まなくなってきて」

千晃は左手で前髪を掻き上げた。

「これは、美顔ローラーで殴られたんだ」

髪のあいだから見えていたときとは段違いの生々しさをもって、痣は大悟の目に飛び込んできた。細胞の死を思わせる、黒みがかった青紫色。生きた人間の肉体にはそぐわない色味だ。反射的に身体が硬くなる。これでもだいぶ薄くなったんだよ、と千晃が手を離すと、髪はふたたびすだれのように顔を隠した。

「それって……ＤＶ？」

大悟の質問に、千晃は答えなかった。無言のまま口角を上げて、鉢を見下ろしている。

刺繡のような切り傷がわずかに窪み、歪《ゆが》んだ。

壁掛けの液晶テレビは天気予報を流している。今日は夕方から小雨《こさめ》が降るようだ。大悟は椅子の背もたれにかけていたネクタイを手に取り、胸元で手際よく結んだ。ダイニングテーブルのすぐ隣では、結花《ゆいか》が脚を伸ばして床に座り、腿《もも》に載せたミルキーをうっとりと撫でている。

「餌はもうあげたのか？」

大悟が尋ねると、結花は顔を上げ、うん、と満面の笑みで頷いた。上の前歯が一本抜けていて、その空洞が愛らしい。間もなく七歳になる結花だが、口の中が露《あら》わになると、歯が生えてきたばかりの乳児のころを大悟に思い出させた。

「お水も交換したよ」

「おー、えらいな。パパとの約束、ちゃんと守ってるな」

「結花、歯磨きと洗顔は済ませたの？　時間割の確認はした？」

洗濯かごを両手に抱えた智子《ともこ》がリビングダイニングに現れた。足を肩幅くらいに広げて立ち、眉間に皺を寄せている。苛立ちがオーラとなって、全身から漂っているようだ。

そんな顔をするなと大悟が窘《たしな》めるより早く、

「全部終わったからミルキーを抱っこしてるのっ」

と、結花が強い口調で言い返した。

「ならいいけど。遅刻しないでよ」

「分かってるー」

結花の大声に、丸くなっていたミルキーが長い耳を震わせた。ごめんね、お姉ちゃん、ちょっと怖かったね、と結花がミルキーの真っ白な背中を擦《さす》る。智子はしばらくその光景を眺めていたが、やがてこれみよがしにため息を吐《つ》くと、ステップを踏み込むようにダイニング脇の階段を上がっていった。大悟とは、やはり目を合わせようともしない。

ミルキーは、一ヶ月前に小柴《こしば》家へやって来たウサギだ。たまたま結花と二人で出かけたホームセンターで出会い、結花にねだられて購入した。食事やトイレの世話はもちろん結花の担当で、大悟も智子も、まだ一度も手伝ったことはない。インターネットで調べた飼育法に倣《なら》い、触れ合う時間を少しずつ長くしていって、二週間前には抱っこもできるようになった。ミルキーと遊んでから登校したいがために、このごろの結花は学校の支度を前日の夜に済ませている。それでも智子は、ウサギを相談なく買ってきたことに、いまだ腹を立てているのだった。

天井から降ってくる乱暴な足音に、智子の変化をつくづく感じる。結婚前は、とにかく内気で気が小さくて、飲食店で店員を呼び止めるのも大悟の役割だった。それが、出産を境に一気に強くなった。結花が夜中に熱痙攣《ねっけいれん》を起こして救急車を呼んだ際に、いいからさっさと来なさいよ、と電話口で怒鳴りつけていた姿は、今でも脳の奥のほうにこびりついている。

「ミルキーのことは、お姉ちゃんが守ってあげるからね」

結花の甘い囁きが、秋雨《あきさめ》前線を解説する天気予報士の声に重なる。ミルキーは私の妹なの、と結花が友だちに話して回っていることは知っていた。種類も色もなんでもいいから、とにかく女の子のウサギがいい、と結花はペット売り場で主張したのだった。髪の毛の先っぽにまで真剣味が込められているようだった。

「あ、時間だ。ミルキー、お姉ちゃん、学校に行ってくるからね」

テレビ画面に目を向けた結花が声を上げる。そのまいそいそと立ち上がり、大悟がリビングの隅に設置したケージへとミルキーを戻した。ソファの前に転がっていたランドセルの肩紐に腕を通して、

「ママ、もう行く時間」

と、二階に向かって叫ぶ。ミルキーにかまけるあまり遅刻しかけて、智子に思いっきり叱られて以来、結花は家を出る時間に敏感になっていた。はいはい、と一階に降りてきた智子と、三人で玄関に向かう。平日に一番早くこの家を出るのは、小学生の結花だ。家事や身支度が途中でも、必ず夫婦揃って娘を送り出すこと。これは、小柴家のルールだった。

「パパ、ママ、いってきまあす」

「いってらっしゃい。車に気をつけるんだぞ」

「あ、連絡帳袋に入れておいたプリント、忘れずに先生に提出してね」

「はーい」

ドアを開けた途端に友だちを発見したらしく、ちかちゃーん、と名前を呼びながら、結花は振り返ることなく家を飛び出していった。ドアは徐々に隙間を狭《せば》めて、光の線が完全に消失すると共に、ガチャリと無機質な音が鳴る。三和土《たたき》に広がる沈黙。リビングから聞こえてくるテレビの音声は、まるで季節外れの蟬時雨《せみしぐれ》のようだ。

「智子」

「なに」

顔を玄関のドアに向けたまま、智子は短く応えた。

「今日も残業で少し遅くなる。ご飯はいらない。先に寝てていいから」

「分かりました」

先に廊下を引き返したのは、今日も智子だった。やや縦結びになったエプロンの紐が揺れながら遠ざかっていくのを、大悟はその場で見送った。

袋を開けて薄紙をめくり、卵色の生地にかぶりつく。ふわふわの食感と、柔らかな甘味。二、三度、顎を動かしただけで、蒸しパンは口の中で雪のように溶けていく。大悟は甘いものが好きだ。おかげで、野球をやめてからは体重が随分増えた。中でも蒸しパンは大好物で、メーカーごとの味の違いも把握している。しかし、人前で食べるのは気恥ずかしく、なるべく一人のときに買うようにしていた。

車のフロントガラスの向こうでは、ユニフォームを着た生徒たちがキャッチボールをしている。このコンビニエンスストアをよく利用するのは、駐車場が広く、長時間停めていても注意されない利点のほかに、川を挟んだ反対側に中学校のグラウンドが広がっていて、野球部員の様子を眺められるところも気に入っているからだ。分厚い雲で覆われた空に、中学生の掛け声が響いている。十月のこの時期は、エンジンを切った社用車の中で過ごすのにちょうどいい。温かい緑茶のペットボトルに口をつけて、大悟はほうっと息を吐いた。

十七年前に地元の大学を卒業して、ＯＡ機器の販売会社に営業として就職した。入社後の十年間は忙しかった。小学三年生のときに野球を始めて、中学高校大学と野球部に所属していた大悟は、目上の人間を敬う精神と、しぶとく食らいついていく根性が、身体の芯まで染み込んでいた。アポイントメント取りの電話をかけ続けることも、飛び込み営業も連日の飲み会も、特に苦ではなかった。離職率が非常に高いブラックな業界だったが、運良く地元企業の社長グループと繋がりを持てたこともあり、大悟は毎月のノルマを順調にこなしていった。

風向きが変わり始めたのは、五、六年前からだ。懇意にしていた会社がいくつか潰れて、また、事業を縮小したり、経営者が交代したりするところも現れた。経費の使い方を見直しまして、と打ち切られた契約は数知れず。新規ルートを開拓しようにも、挨拶すら断られる。独立を考えていると聞きつけた、自分より年下の保険外交員の男に、引っ越しの手伝いでもなんでもしますから、と何十回も頭を下げて、そういうのってもう流行《はや》らないですよ、と言われたこともあった。その声が、冷たさではなく同情に溢れていたことに、大悟は羞恥を覚えた。

野球部の練習が、キャッチボールからシートノックに変わったようだ。金属バットがボールを打つ音と、捕れる捕れる捕れるぞ、と顧問らしき大人の吠える声が聞こえてくる。目を閉じると、昔に戻ったような錯覚に浸れた。中学時代の大悟のポジションは、ショートだった。妄想の中で大悟のすぐ目の前で構える千晃は、二週間前に再会したときの彼ではなく、中学時代の姿形を取っている。互いに擦り傷や打撲だらけで、それでも笑顔だった。

あのころはよかった。流行も効率も考えず、がむしゃらに挑んでいれば、居場所があった。今は、必死であることには具体的な戦略が求められ、己を追い込むことよりも、ありのままの自分を受け入れることのほうが、重要視されていると感じる。たった数ヶ月働いただけで、自分には向いていないと辞めていく新人は以前から大勢いたが、最近の彼らには、自分のふがいなさを恥じている様子が見られない。先週も、退職を決意したという部下から、合わないと感じた以上、一日でも早く辞めたほうが自分にとっても会社にとってもいいはずだと、大真面目に語られたばかりだ。

大悟は目を開けて、緑茶をもう一口飲んだ。

「……行くか」

残りの蒸しパンをもそもそ食べると、鍵を回して車のエンジンをかけた。それと同時にフロントガラスに水滴が弾ける。雨だ。天気予報が当たったらしい。グラウンドの中学生たちの動きがばたばたと慌ただしくなった。

メッセージでなにか必要なものはあるかと尋ねても、答えは決まって、特にない。それでも一応、オフィス近くのスーパーマーケットで菓子類やペットボトル飲料を買い込んで、大悟はいつもの空き地の隅に自家用車を停めた。

傘を差すのが面倒で、はす向かいのアパートまで走る。遠くから見ると古びているが、いつ訪れても、共用の廊下には塵《ちり》ひとつ落ちていない。どことなく由緒がありそうな印象を受けるのは、雰囲気が荒れていないからか。大悟は103号室の前で足を止めた。ドアのすぐ脇には、水色の洗濯機が設置されている。蓋の閉じたそれを見るともなしに眺めながら、大悟はブザーを押した。

ドアは間もなく開いた。

「よう」

隙間に顔を突っ込んだ大悟に、

「雨の中、悪いね」

と、千晃が応える。今日もスウェット姿だ。無精髭は伸びて、脂でぺとぺとしているようにも見える髪は、一部が大きく撥《は》ねている。三年ぶりに再会したあの日は、やはり彼なりに身だしなみに気を遣っていたらしい。

「どうぞ」

「お邪魔します」

大悟は遠慮なく部屋に上がった。台所を兼ねた短い廊下を抜けて、洋室に足を踏み入れる。相変わらず清々《すがすが》しいほど物がない。もっとも面積を占めているのは敷きっぱなしの布団で、ほかにはカーペットもソファも、テーブルすらも見当たらなかった。

「これ」

大悟はスーパーマーケットのレジ袋を差し出した。

「毎回毎回、気を遣わなくてもいいのに」

「まあ、手ぶらで来るのもなんだから。お、進んだ?」

「あー、ぽちぽちね」

明るく光る液晶画面を指差して尋ねた大悟に、千晃が頷く。布団のほかに生活感が伝わるものといえば、床に直置《じか》きにされた、二十四インチ型のテレビだけだった。そこに繋がれている灰色のゲーム機は、大悟が小中学生のころに遊んでいたものだ。初めてこの部屋を訪れた翌日、大悟は一人で実家に戻り、押し入れに眠っていたゲーム機と数本のソフトを回収して、千晃に差し入れた。今、テレビ画面に映っているのは、大悟が中学生のときに発売された、大ヒットRPGだ。二頭身のポリゴンで描かれた四人のキャラクターが、モンスターと戦っている。

「あそこの中ボスは倒した?」

「まだ。ストーリーを進めるよりも、今はレベル上げが楽しいんだよね」

「地味なことするなあ」

「強くなりたいんだよ」

千晃はふわふわした口調で答えた。大悟と千晃が入っていた野球部は、特に練習熱心な部活ではなく、誰かの家に集まる機会も多かった。ブラウン管テレビの前に横一列に並び、みんなでわいわい言いながらいろんなゲームをプレイした。なんでもいいから千晃の暮らしに楽しみを足してやりたい、と思ったとき、真っ先に思いついたのが、あのころのゲームだった。

「今、準備するね」

「ゲームは？　セーブしてからでいいよ」

「先に食べよう。ゲームはそのままにしておけばいいよ」

このゲームの戦闘は、コマンド入力式のターン制だ。操作の手を止めたところで、敵の攻撃を受けるわけではない。大悟は、分かった、と返して、コントローラーを部屋の端に寄せた。テレビは消音にしているらしく、画面に耳を近づけてもBGMは聞こえなかった。

数分後、おかずの詰まった密閉容器が床の上に並んだ。肉じゃがとひじきの煮物からは湯気が立ち上り、きゅうりのぬか漬けは艶々《つやつや》と光っている。大悟と千晃は向かい合って胡座《あぐら》を掻き、いただきます、と手を合わせた。大悟はさっそく肉じゃがを口に入れて、美味《うま》い、と言った。

「すげえ味が染みてる」

「よかった。大悟が喜んでたって、母さんに伝えられないのが残念だけど」

自分の息子が嫁から暴力を振るわれていることに気づいた千晃の両親は、すぐさま二人を離婚させると、息子に休職届を出させて、彼を静岡に連れ帰ってきた。しかし、数年前から千晃の姉一家と同居していたため、家に息子が一人になれる空間はない。そこで、家からほど近いアパートの一室に住まわせることにしたのだと、大悟は千晃本人より聞いていた。

再会を果たして以降、大悟はこの部屋にほぼ毎晩顔を出している。実家から届けられる料理が大量で、完食したふりをして捨てることがいよいよ辛くなってきた。千晃にそう打ち明けられ、一緒に夕食を摂ることに決めたのだった。誰かと食べているときのほうが味が分かると、このごろは千晃も一人前弱は口にしている。

「でも、奥さんは本当に気にしてないの？　作ったのは男友だちの母親とはいえ、よその家庭料理を食べて帰ってこられるのは嫌なんじゃない？」

中学生のころから、そこらの同級生では逆立ちしても出てこないような発想で、人のことを案じられる男だった。千晃が大勢から好かれていたのは、頭のよさや運動能力だけが理由ではない。そのことを、大悟はよく知っている。

「平気。むしろ俺のぶんを作らなくていいから楽だって言って、喜んでる」

「そういうものなんだ」

「結婚して、もう八年経つからな」

本当は、仕事だと嘘を吐いて、千晃のもとに通っていることは隠している。ただでさえウサギのことで不機嫌な智子に、火に油を注ぐような真似はしたくなかった。いや、そもそも智子が不機嫌でなければ、自分はこれほどの頻度で千晃の部屋を訪れていなかったかもしれない。大悟はぬか漬けを口に入れた。咀嚼《そしゃく》するたびに、ぽり、と間の抜けた音がした。

「それに、智子の作る料理は洋食が多いから、手の込んだ和食が食べられて、俺もラッキーだよ。年のせいかな。脂っこいものが年々食えなくなってきてる」

「大悟のところは子どもがいるから、それで洋食に偏るんじゃない？　子どもって、和食があんまり好きじゃないでしょう」

「あー、まあな」

口の周りにソースをべたべたつけて、ハンバーグやグラタンを頬張る結花の顔が頭を過《よ》ぎった。この数年、結花の存在だけを支えに働いてきた。もしも夫婦二人きりだったら、後先を考えずに仕事を辞めていた可能性がある。今月もノルマが達成できなそうだということを思い出し、大悟の胃は一瞬重たくなった。これまでに活躍したこと、係長という立場にいることもあって、新人のように上からどやされはしないが、肩身は狭い。ラップに包まれた炊き込みご飯のおにぎりにかぶりつき、暗い気持ちを振り払った。

「子どもがいなかったのが不幸中の幸いだって、親には言われた」

同じく片手におにぎりを持った千晃が呟いた。うん、と頷き、大悟は千晃の顔にさりげなく視線を向ける。右目の痣も口元の傷も、少しずつ目立たなくなっていた。しかし、顔の印象を暗くしていることには変わりない。

「俺はほしかったんだけど、和佳はいらないって」

この部屋を訪れるうちに、千晃は離婚に至った経緯を自らぽつぽつ打ち明けるようになった。質問をたたみ掛けるよりも、短い相槌を重ねるほうが、自棄《やけ》でも自虐でもないところで話してくれるような気がする。大悟は再度、うん、と頷いた。

「もう諦めてくれた？　って訊かれたときに、うんって即答できなかったことを、今でも後悔してる。和佳の気持ちをもっと受け止めてあげればよかった。今思えば、あれがきっかけだったのかもしれないな。和佳が頻繁に感情を爆発させるようになったのは」

「その手の感覚の差は、埋めるのが難しいよな」

大悟はだしの利いた米粒を嚙み締めた。智子との会話に、二人目不妊という単語が飛び交っていた日々を苦い気持ちで思い出す。自分はすでに検査を受けたが、異状は見つからなかった、あなたも病院を受診してほしいと、智子はたびたび口にした。だが、大悟は拒んだ。できないならできないでいいと返す大悟に、結花はあんなに妹をほしがってるのに、と智子は泣いた。大悟がホームセンターでウサギを買って帰ったのは、その三日後だった。

「大悟もなにかあった？」

千晃が自分を見つめていることに気づき、大悟はわずかに背筋を伸ばした。今、頭に浮かんでいたことをすべてぶちまけてしまおうか。瞬き一回ぶんの短い時間で逡巡し、やめようと決断を下す。子どもがほしかったという千晃に、二人目不妊の話をするのは無神経だろう。それに、大悟は愚痴をこぼすことに不慣れだった。悩みを人に相談したこともほとんどない。

「俺は別に。ただ、会社にも不妊治療を受けてる後輩がいるから」

「ああ、最近は多いよね。夫婦の気持ちがずれているのも大変だけど、一致した上で授からないのは、もっと辛いのかもしれない」

大悟の答えに納得したようだ。千晃は小さく口を開けて、ふたたびおにぎりを齧《かじ》った。それからは、和佳の話にはならなかった。二人でテレビ画面を眺めながら、ゲームの攻略法についてあれこれ喋った。自身が休職中だからか、千晃は大悟の仕事のことを一度も尋ねたことがない。同年代の男と仕事の話題を抜きにして長時間を過ごすことは珍しく、それもまた、自分がこの部屋に惹きつけられている理由に思えた。

夕食を食べさせてもらった礼も兼ねて、大悟は箸や密閉容器を洗った。千晃の心は回復には向かっているものの、その日の天候や、目に飛び込んできたニュースの影響を受けることはまだ多く、思うように家事ができないときがあるらしい。千晃の制止を無視して、溜まっていた衣類も洗濯機に放り込んだ。干すのは自分でやるという千晃の言葉を信じて、また来るから、とアパートをあとにする。

いつの間にか雨はやんでいた。スーツのポケットに両手を突っ込み、空き地に戻る。ここから自宅までは、車で二十分弱。カーラジオや音楽はかけない。昔から、静寂の中で運転するのが好きだった。住宅街から幹線道路に出ると、ようやく道が明るくなった。自分もヘッドライトの河に飛び込む。水中から見上げた空のように、信号機の光が滲んでいる。

　中学二年生のときに、一年生にレギュラーを取って代わられたことがあった。その後輩は、バッティングのセンスは高かったが、顧問の目を盗んでは練習の手を抜くような奴で、大悟は到底納得できずに、当てつけの意味も込めて部活に行くのをやめた。三日も休むと、今度は戻るに戻れなくなった。このまま退部届を出したいが、親を説得できる自信がない。途方に暮れていた四日目の夜、家のチャイムが鳴り、出ると、私服姿の千晃が立っていた。どうした？　と尋ねると、ちょっと話したいことがあって、と返ってきた。

　近所の児童公園に移動して、ベンチに並んで腰掛けた。大悟は当然、部活について問い質《ただ》されることを覚悟していたが、千晃は、

「俺と大悟はクラスが違うから、部活で会わないと全然喋る機会がないんだよな」

と切り出すと、最近読んで面白かったという漫画の話を始めた。何十分経っても、野球部の話題にはならなかった。ギャグ漫画らしく、キャラクターの妙な表情や動きを再現してみせる千晃に、大悟は久しぶりに声を上げて笑っていた。

「本当に面白いんだよ。大悟も読む？　貸そうか？」

千晃は腿の上で組んでいた手をほどいて言った。

「いいの？」

「俺、明日部室に持っていくよ。大悟のロッカーにこっそり入れておくから」

千晃が意図していることを、大悟はここで初めて理解した。

「でも、俺――」

「あれは読んだほうがいいよ。最近の俺のイチオシ」

「じゃあ……明日、取りに行くわ」

「うん、待ってる」

最後の一言を、千晃は大悟の目を見て言った。

十三年の野球人生において、野球から離れることを真剣に考えたのは、中学二年のあのときだけだ。翌日以降、大悟は練習を一度も休むことなく中学校を卒業した。レギュラーの座もすぐに取り戻した。高校と大学は千晃と分かれたが、それでも部活をずる休みすることはなかった。

千晃はその人が本当に求めているものをくれる。

こう思うときに記憶の底から浮き上がってくるのは、千晃と同居していた祖母の、小柄なシルエットだ。彼女は自分の最初の子どもを不慮の事故で亡くしたらしく、その子に顔立ちが似ているという千晃の無事を、日々案じているところがあった。しょっちゅう学校にやって来ては、野球部の練習が終わるのを待って、千晃と一緒に帰っていった。この祖母のことを、千晃は決して煙たがらなかった。もう中学生なんだから迎えはいらないって断れば？　と洋佑に言われたときも、ばあちゃんの中で俺は永遠の五歳児なんだよ、と笑っていた。

右のウインカーを出す。反対車線の流れが途切れた隙に、ハンドルを切る。

中学時代の同級生から、丸山が離婚してこっちに戻ってきているらしい、と聞いたとき、大悟は千晃に会いたいと強く思った。すぐさま千晃にメッセージを送り、体調がよくないから、と渋る彼を、仕事で新規ルートを開拓するときのように、短時間でもいい、日時はそっちに合わせる、ドタキャンしてくれても構わない、と説き伏せた。

五年前に三十五年ローンで購入した自宅に、明かりは点いていなかった。朝、大悟が言っておいたとおりに、智子は先に寝たようだ。反射的にほっとして、そのことにかすかな罪悪感を覚える。敷地をわずかに通り過ぎたのち、シフトレバーをRに切り替えた。ピーッピーッと警告音が響く中、車を車庫に収めていく。

千晃と和佳の結婚式の日、親族者席にあの祖母の姿はなかった。千晃が大学在学中に亡くなったと、千晃の叔父を名乗る人から聞かされた。

襖《ふすま》から顔を出し、生《なま》、まだ？　と、わざとしかめっ面《つら》で叫ぶ。若い女の店員が、少々お待ちください、と裏返った声で返した。生ビールは二、三分前に注文したばかりで、さほど待たされているわけではない。それでも、クライアントの社長と副社長からまだかと問われれば、なにも行動しないわけにはいかなかった。お待たせしました、と両手にジョッキを持って現れた店員に、すかさず、もしかして麦を収穫に行ってたの？と尋ねて、香川《かがわ》と稲田《いなだ》を笑わせる。いえ、と店員は唇の端を引き攣《つ》らせて、ホールに戻っていった。

「小柴くんはいいねえ。気が利くし、芯がしっかりしているというか、とにかく根性がある。今どきの若者という感じがないんだよなあ。うちの社員に爪の垢《あか》を煎じて飲ませてやりたいよ」

地肌がよく焼けているからか、酔っ払った香川は点火された炭のように赤黒い。同じ色をした分厚い手でジョッキを摑み、中身を半分ほど飲んでげっぷする。大悟は笑顔で首を横に振った。

「私はもう若くないですよ。もうすぐ四十になりますから」

「おお、もうそんなになるのか」

「そうですよ。香川社長に初めてお仕事をいただいたのが、ちょうど十年前ですね」

香川はこの地域でリフォーム会社を経営している。年齢は、大悟の父親と同じくらいか。十年前、事務所のコピー機の調子が悪くて困っている奴がいると人から紹介されたのを機に知り合い、自社製品を猛アピールした結果、新しくリース契約を結ぶことに成功した。ＯＡ機器の業界はパイの奪い合いだ。ベンチに入れる野球部員の人数が決まっているように、担当区域にあるオフィスの数には限りがある。

その香川から電話がかかってきたのは、一週間前のことだった。騙し騙し使っていたＦＡＸとシュレッダーを、ついに入れ替えることにしたと言う。そのほかに、事務用品の注文も受けて、ぎりぎりで今月のノルマを達成できそうな見込みができた。今日は、その礼にと開いた飲み会だった。香川と副社長の稲田は大の酒好きだ。契約の更新やまとまった発注が入ったときには、なるべくこういう場を設けるようにしていた。

「そうだそうだ、あのときはまだ独身だったんだよなあ。俺が、男は守るべき者を持ってようやく一人前だって、散々説教してやったんだよ。な？」

「まったくです。私は香川社長の助言で結婚したようなものです。おかげさまで、今や一児の父ですよ」

「おー、子どもはいくつになった？　男か？　それとも女か」

「娘です。今年、小学校一年生になりました」

今日だけで五回は子どもの性別と年齢を伝えている。なんだ一人っ子か、一人っ子は可哀想だぞお、と稲田がからかうような口調で言い、もしかして赤ん坊の作り方を忘れちゃったのか、と、香川が笑った。

「いやあ、バッターボックスには立ってるんですけど、バットになかなか当たらないんですよね」

大悟は頭を搔いて応えた。香川と稲田も元野球少年だ。ぎゃはは、と声が上がる。大悟自身は性的な冗談を好まないが、場を白けさせない程度の受け応えはできた。だてに男ばかりの世界に身を置いてきたわけではない。学のようなチームメイトは、高校にも大学にもいた。

「あれだな、小柴くんのバットの振り方が悪いんじゃないか」

「もっと腰を使わないと、当たるものも当たらないよ」

「なるほど。まずはフォームの改善に努めます」

一発芸を要求してきたり、一気飲みを強要したりするクライアントに比べれば、香川と稲田は扱いやすいほうだろう。自分が酒を飲めれば満足する人たちだ。店も、高級居酒屋やキャバクラでなくていい。同じ話を何度も繰り返し、いつまでも締めたがらない嫌いはあるが、持ち上げたぶんだけきちんと気持ちよくなってくれる。昔から大悟の周りによくいたタイプだった。

今日も閉店時間の午前〇時を三十分以上超過し、店長に三度目の退店を促されたところで、ようやくお開きになった。店員に呼んでもらったタクシーに香川と稲田を乗せ、頭を深々と下げる。自分の帰宅用には代行運転を頼んでいた。車の後部座席に乗り込み、運転手に自宅の住所を告げた。家に着くころには、確実に一時を回っているだろう。明日も仕事だが、気合いで起きるしかない。無口な運転手に当たったのをいいことに、大悟は外の景色を眺めて気力と体力の温存に努めた。今夜は千晃のアパートに寄れなかった。千晃は一人でもちゃんと夕食を摂っただろうか、と、ぼんやり思う。

運転手が後続の車に乗り込んだのを見送って、自宅のドアを開けた。真っ暗な廊下を進み、手探りでカウンターキッチンの照明を点ける。冷蔵庫から浄水ポットを取り出し、グラスに水を注《つ》いだ。飲み過ぎないよう気をつけていたつもりだったが、水を飲み干すと同時に吐いた息は酒臭かった。

大悟はリビングダイニングへ移動した。ソファに残された育児雑誌と、結花の玩具。狭いケージの中ではミルキーが動いている。起きていたのか、今、起きたのか。大悟はしばらく無言で見下ろしていたが、やがてケージの扉を開けると、スーツのままミルキーを抱っこした。丸い尻をしっかりと左手で支えて、自分の胸もとに密着させる。ミルキーは鼻を小刻みに動かしていた。少し警戒しているらしい。

「大丈夫。怖くないよ」

大悟は囁いた。真っ赤な瞳がルビーのように光っている。毛並みも匂いも重さも温かさも、なにもかも違うと頭では理解しているのに、ぴょんたのことが思い出されてならない。大悟の腕の中にいるとき、ぴょんたは確かに息をしていた。目には生気があった。

大悟に心を開いていた。

ぴょんたは大悟が子どものころに大切にしていたウサギのぬいぐるみだ。もともとは親族の誰かが姉にプレゼントしたもので、しかし、姉が興味を示さなかったことから、いつの間にか大悟のものになった。ぴょんた、と名づけたのも大悟だった。

本物のウサギと同じ大きさに作られたというそれを、幼稚園児だった大悟はとても可愛がった。新聞紙をちぎって作った餌を食べさせ、姉の人形遊び用のブラシでブラッシングして、同じ布団で眠った。どこへ行くにも一緒だった。野球を始めて仲間ができるまで、ぴょんたは大悟の一番の友だちだった。外には連れ出さなくなってからも、彼が心の支えであることは変わらなかった。学習机の一番大きな引き出しにぴょんたの部屋を作り、住まわせていた。

だが、小学四年生のある日、大悟が学校から帰宅すると、ぴょんたは引き出しから姿を消していた。

「お母さん、ぴょんたがいないっ」

大悟は母親に泣きついた。夕食の支度をしていた母親は、野菜を切りながら、ウサギの国に帰ったんじゃないの、と歯切れの悪い返答を寄越していたが、一向に諦めない大悟に腹を決めたらしく、ほどなく包丁をまな板に置いて、

「大悟にはもっと強い男になってほしいって、お父さんが」

と言った。

「捨てたの？」

「お父さんの会社に、娘さんがウサギ好きだっていう人がいるんだって。その人にあげたみたいよ」

嘘だ。大悟はぴんときた。五年以上も大悟に連れ添っていたぴょんたは、人にあげられるほど状態がよくなかった。真っ白だった毛は大悟の手垢で汚れて、小さなハゲもいくつかできていた。ぴょんたと遊ぶ自分に、父親が厳しい目を注いでいることには気づいていたが、まさか勝手に処分するとは。啞然とする大悟に、母親は、

「大悟も十歳になったんだから、ぬいぐるみで遊ぶのはもういいでしょう」

と、諭すように微笑んだ。

ミルキーが前脚を盛んに動かし始める。大悟に抱かれていることに慣れてきたようだ。落としたら大変と、大悟はミルキーをケージに戻すことにした。そのときだった。ダイニング脇の階段に明かりが灯った。上から聞こえてくるのは、スリッパを引きずっているような足音。智子だ。大悟はなぜか身体を動かせずに、ミルキーを胸に押しあてたまま、智子の登場を待った。

「なにやってるの？」

踊り場に立った智子は、大悟を見下ろして低い声で尋ねた。パジャマの上から室内用

のガウンを羽織っている。ベッドから身体を起こしたばかりらしく、鎖骨まで伸びた髪は左右に広がり、ライオンのたてがみのようだ。眉毛もなく、自分よりも遥かに年長の女に感じられた。

「別に」

大悟はミルキーをケージに入れた。

「まさかあなたまでそのウサギを自分の娘だと思ってるわけじゃないよね？」

言いながら、智子は階段を下まで降りた。突き当たりのキッチンカウンターに身体の半分を預けて、大きく息を吐く。

「ウサギはウサギ。妹にも娘にもならないいんだからね」

「そんな言い方はないだろ。結花はあんなにミルキーを可愛がってるんだぞ」

「だから、結花にはなにも言ってないじゃない」

智子の声が甲高くなった。大悟を馬鹿にしているような表情が一転して、険しいものになる。明確に自分を傷つけようとしている目に、この女は誰だ、と大悟は思った。恋人だったころの、臆病な小動物めいた智子とは、まったく結びつかない。この人を一生守りたいと思い、プロポーズしたはずだった。

「毎晩毎晩、あなたは一体どこでなにをやってるの？」

急に話題が変わったことに、大悟は面食らいつつ答えた。

「なにって、仕事だよ。接待。お客さんと飲んでた」

　智子は肘で弾くようにカウンターから身を離すと、大股で大悟に近づいてきた。スーツの襟元を摑まれ、鼻を寄せられる。すん、と大きな音を立てて智子は息を吸った。

「今日は本当みたいだね。お酒と煙草の臭いがする」

　智子は大悟を突き放すように襟から手を離した。

「でも、昨日は？　一昨日《おととい》は？　このところ帰りが遅いけど、あなたの仕事が突然そんなに忙しくなるなんて、とても信じられないんだけど」

　胸を手のひらで強く突かれたような衝撃を覚えた。大悟は目を瞬《またた》き、智子の発言を胸のうちで繰り返す。侮辱されたと気づくまでに、少し時間を要した。

「ねえ、スマホ見せて」

「まさか、浮気でも疑ってるのか？」

　声がかすれた。

「あなたにやましいことがないなら、見せられるよね」

　大悟は混乱を上手く打ち消せないまま、スーツのポケットに手を突っ込んだ。スマートフォンを渡せば、智子はすぐに千晃とのやりとりを発見して、ことの真相を把握するだろう。千晃のことは智子も知っている。自分たちの結婚式にも招待した。智子に責められるとしたら、仕事だと嘘を吐いていたことのみ。旧友のもとを訪ねていたこと自体に、後ろめたいところはなにもない。

指先がスマートフォンに触れる。早く、と智子が急《せ》かす。だが、大悟はなにも摑まないまま、ポケットから手を引き抜いた。

「嫌だ、見せたくない」

「やっぱりほかに女がいたっ」

智子が目を見開いて叫んだ。

「信じられない。なんでそんなことができるの？　分かってる？　あなたは結花のことまで裏切ったんだよ」

「俺のこと、あなたって言うな。ちゃんと名前で呼べよ」

「話を逸らさないで」

大悟は智子と正面から睨み合った。なんで、と口からこぼれそうになる。なぜいつも、智子は自分の意見ばかり押しつけようとするのか。浮気を許せないほど夫に対して愛情があるのなら、不妊治療は受けたくないというこちらの気持ちを、もう少し汲み取ってくれてもよかったではないか。治療を受けてまで二人目がほしいとは、大悟にはどうしても思えなかった。一人目が授からないならまだしも、自分たちには結花がいる。それで充分幸せだった。それに今後、自分の給料はきっと下がる。不妊治療費を満足に捻出できる自信はなく、もし二人目が生まれたら生まれたで、今度は養育費を心配しなくてはならない。だが、これらの考えを大悟が言葉にしたことはなかった。男のプライドから検査を拒んでいるだけと、ずっと決めつけられていた。

「いつからその女と付き合ってるの？　女の身体を触った手で、結花を撫でたり抱っこしたりしてたの？」

最低、と吐き捨てた直後、智子はなにかに気づいたように大悟を見据えた。あー、と息を吐いて、ゆっくりと頷く。

「分かった、分かりました。そういうことだったんだね」

「なに」

「だからあなたは二人目の子どもがほしくなかったんだ」

大悟の周りから一切の音が消えた。酔いと眠気が一気に襲いかかってきて、疲れた、と、まず思う。今すぐベッドに倒れ込みたい。布団を頭まで被って、気が済むまで眠りたい。大悟はなにを言いたいかもよく分からないまま、喉の奥から声を絞り出した。

「智子がそう思うなら、もうそれでいいよ」

智子の顔が紙のように白くなり、表情が消えた。話はこれで終わりだと、大悟は階段のほうへ歩き出す。と、視界の隅で智子が動くのが見えた。ソファの上のクッションを片手で鷲掴みにして、大悟に向かって投げつける。クッションは大悟の肩に当たったのち、床に落ちて小さく撥ねた。

「やめろよ」

「どうして……あなたはいつもいつもっ」

ふたつ目のクッションが飛んでくる。大悟はそれを胸元で受け止めて、釣った魚を放すように下に落とした。

「なんだよ。結花が起きるだろ」

「私になにも話してくれない。もっとちゃんと言い訳したらどうなのっ」

甲高い声を上げた智子が、ソファに置きっぱなしにされていた育児雑誌を摑む。大悟は軽く腰を落として、雑誌に目を凝らした。怖がって目を逸らせば、ボールをキャッチすることはできない。少年野球時代に、コーチに散々叩き込まれた。だが、表紙に書かれた、二人目、どうする？　の一文に、大悟の集中力は途切れた。あっ、と思ったときには、雑誌が顔に直撃していた。

まるで撃ち落とされた鳥のように、雑誌はページを広げたまま床に落下した。大悟が痛みを感じたのは、その残響が消えたあとのことで、もっとも熱を帯びていた右の頰に指を当てると、わずかに出血していた。ページの端で切ったらしい。

「私……そんなつもりじゃ……だって、大ちゃんが」

呆然と立ち尽くしていた智子の目から涙が溢れる。顔は青ざめて、かなり混乱しているようだ。全身が震えている。その様子に、大悟の中から苛立ちや眠気や酔いが吹き飛んだ。自分が素直にスマートフォンを見せていれば、きっと、こんなことにはならなかった。大悟は手のひらで頬を軽く拭うと、首を横に振った。

「こんなの、全然大した傷じゃないって」

「でも」

智子の混乱は収まらない。傷は、髭剃りに失敗したときよりも浅く、血はすでに止まりかけていたが、智子は怪我を負わせた事実に動揺しているようだ。大悟は智子の肩を軽く抱いた。ここにきて自分が浮気疑惑を抱いていたことを思い出したらしく、嫌、触らないで、と智子が身を捩《よじ》る。大悟は肩から手を離し、スマートフォンを取り出した。

「誤解させるようなことをして悪かった。でも、俺、浮気はしてない。智子の気が済むまで調べてくれていいから」

智子の手にスマートフォンを握らせる。拒まれる。もう一度握らせる。また拒まれる。次に押しつけようとしたとき、智子はとうとう自分の顔を両手で覆った。

「私、本当にそんなつもりじゃなかったの」

大悟は手を背中に回した。結婚前に比べて幾分肉づきのよくなったそれを、ゆっくりと撫でる。智子の泣き声が徐々に大きくなっていく。ケージの中でミルキーが小さくジャンプするのが見えた。

おたくもしつこいね、と呆れられ、すみません、と頭を下げながら一、二歩下がる。もう二度と開かないのでは、と疑いたくなるような強さでドアは閉じられた。仕事で近くまで来たついでに、一年前に契約を打ち切られた会計事務所に、飛び込みで営業をかけたのだった。大悟は事務所が入っていたビルを出て、社用車に戻った。車のデジタル時計を見ると、午後三時を過ぎていた。瞼が重い。昨晩の寝不足が今になって祟《たた》り始めているようだ。

あれから、泣きじゃくる智子をなだめているうちに空は白んでいた。ソファで多少はうとうとしたが、姿勢に無理があったのか、身体のあちこちが凝っている。このあとも決まった予定はなく、少し休むかと空を仰いだ。雲ひとつない快晴だ。富士山の輪郭もくっきりしている。薄く発光しているような水色に、ふと、千晃のアパートが近いことを思い出した。智子とああなった以上、今までのような頻度で会いに行くことは難しいだろう。そう思った瞬間、大悟はいつもの空き地に向かって車を発進させていた。

返事がなければ大人しく仕事に戻ろうと考えていたが、受信したメッセージには、起きてるよー、と書かれていた。大悟は車を降りて、アパートへと歩き出した。ランドセルを背負った下校中らしき小学生が、鬼ごっこをしながら大悟の真横を走り去る。ブザーを押すと、ドアはすぐに開いた。こんな時間にどうしたの？　と尋ねる千晃は、やはりスウェット姿だ。ドライブに行こう、と大悟は背後にある空き地を親指で指した。

「え、でも仕事中じゃないの？」

「今日はもう終わり。だから、着替えてこいよ」

千晃は大悟の顔をまじまじと見つめた。右頬の上で、彼の視線が一瞬止まる。だが、反応らしい反応はそれだけだった。千晃は、分かった、と頷くと、廊下を引き返していった。

十分後、千晃を助手席に乗せて、大悟は社用車のエンジンをかけた。千晃は目的も行き先も尋ねなかった。ただ、取ってきたいものがある、と言って、自分の実家に寄るよう頼んだ。大悟は門の手前で車を停めて、千晃が戻ってくるのを待った。姉一家との同居に際してリフォームしたと聞いていたが、家の外観はほとんど変わっていない。大悟が千晃の祖母からもらった飴の味を思い出しているうちに、千晃は片手に紙袋を提げて帰ってきた。

「なんだよ、それ」

「んー、なんだろうね」

千晃は笑って答えない。大悟もそれ以上は訊かず、アクセルペダルをそろそろと踏んだ。社用車は古いワンボックスカーで、乗り心地は悪いが、千晃は楽しそうに窓に顔を寄せている。居酒屋で再会して以降、夜にしか顔を合わせていなかったことに大悟は気がついた。

「あー、気持ちいいねー」

「今日はなにしてたの？」

「午前中は病院に行って、薬をもらって、帰ってきてからはゲーム。レベル上げてた」

「いい加減、ストーリーを進めろよ。あれだけ強くなれば、ラスボスも倒せるだろ」

「いやあ、もっと強くならなきゃだめだよ」

自分に言い聞かせているような口調に、大悟は戸惑った。と、千晃が背後を振り返り、あそこにあったラーメン屋、潰れたの？　と大声を出す。店名を尋ねると、大黒堂だよ、俺、高校生のときに常連だったのに、と返ってきた。その後も千晃は街の変化にいちいち驚きの声を上げた。大学進学を機に上京してからというもの、地元は駅と実家の周辺しか訪れていなかったらしい。八年前にできたショッピングセンターにも、なにあれ、と目を瞠《みは》っていた。

車は間もなくコンビニエンスストアの駐車場に着いた。大悟が予想したとおり、千晃は川を挟んだ先に広がるグラウンドにすぐに目を留めた。

「あれは、中学校？」

「そう。ここに車を停めると、野球部の練習がちょうど目の前で見られるんだ」

「いいね」

「いいだろ。だから、ときどきここでさぼってる」

大悟と千晃の出身中学もここから遠くないところにあるが、住宅街の真ん中に立っているため、外からグラウンドの様子をのんびり眺めるのは難しい。カキーンと耳に快い音が響いて、白いボールが空《くう》を割った。どうやらバッティング練習中のようだ。タイミングがばっちりだったね、と千晃は唸った。

それから三十分近くを駐車場で過ごした。二人のあいだに会話らしい会話はなかった。懸命にバットを振る中学生の姿に、千晃がなにを思ったのかは分からない。やがてホイッスルが鳴り響き、顧問に招集された部員たちが、直立姿勢で整列した。千晃が伸びをしながら息を吐く。

「大悟は何歳のときに野球を始めたんだっけ？　もともと好きだったの？」

「九歳のとき。最初は練習に渋々通ってたよ。俺は外遊びが好きな子どもじゃなくてさ、心配した父親に、強引に少年野球チームに押し込まれたのが始まりだったから」

日本にサッカーブームが巻き起こり、静岡がサッカー王国と呼ばれるようになったのは、そのあとだ。大悟が子どものころは、男子のスポーツといえば、水泳か野球だった。

「でも、大学まで続けたんだよね？」

「ボールを上手く捕れるようになったあたりから、一気に面白くなった。手のひらが痺れるくらいの衝撃を感じるのに全然痛くなくて、初めてまともにキャッチしたとき、すげえびっくりしたんだよ。頑張れば頑張ったぶんだけ上手くなったり褒められたりするのも、楽しかったし」

西の空の端が赤く染まっている。そろそろ帰るか、と大悟は車の鍵に手をかけた。

「大悟は会社に戻るの？」

「戻ったところで、すぐに退社するけど。言っただろ、今日の仕事は終わりだって」

「だったら、もう一ヶ所だけ寄ってもらってもいい？」

どこに？　と尋ねた大悟に、千晃は足元の紙袋を開いて見せた。革の匂いが鼻先をかすめる。中には使い込まれたグラブがふたつと野球ボールが収まっていた。

「グラブ？　どういうこと？」

「ドライブに行くなら、そのへんの公園でキャッチボールができるかもしれないと思って、家から持ってきた。古いけど、甥っ子とときどき遊びで使ってるから、状態は悪くないよ」

大悟はすばやく頭を巡らせ、この先に公園のように整備された堤防があることを思い出した。聞けば、千晃の姉の息子はもう十四歳で、大悟たちが卒業した中学校のバスケットボール部に所属しているらしい。バスケかあ、と大悟がこぼすと、野球部は部員が集まらなくて大変みたいだよ、と千晃は苦笑した。負けたときに仲間から責められるかもしれないと、ピッチャーやキャッチャーを志望する生徒も減っているようだ。

「そんなの、仲間じゃないよな」

「ピッチャーもキャッチャーも、メンバーの一員でしかないんだけどね」

喋っているうちに、車は目的地に到着した。犬の散歩をする人、ジョギング中の人、ベンチで話し込む老人二人組。そのほかに人影はなく、閑散としている。草を刈って作ったらしいフットサルコートには誰もいなかった。土の匂いを含んだ風は冷たい。大悟は千晃から借りたグラブを左手に嵌めて、中央のポケット部分に拳を叩き込んだ。最後に野球道具に触れたのはいつだろう。六年前に、クライアントの草野球チームに助っ人として呼ばれた。それ以来かもしれない。

「身体、鈍ってるかも」

「大丈夫、やれば思い出すよ」

同じくグラブを嵌めた千晃と向かい合う。自然光にさらされた傷と痣は、蛍光灯の下で見るよりも痛々しさがなく、乾いて感じられた。自分の頬の傷も、彼にそう見えていたらいい。互いに後退して距離を取る。一球目は千晃だ。大悟は飛んできたボールを胸元でキャッチした。パスンと音が鳴る。手のひらが熱い。

「ナイスキャッチ」

少しずつ距離を広げながら、二人はボールを投げ合った。千晃の球はスピードこそ落ちていたが、抜群のコントロールは中学生のころと変わらない。それに比べて自分の動きはなんだ。身体が重い。肩も全然上がらない。大悟は情けなさに項垂《うなだ》れそうになった。

それでもしばらく続けているうちに、昔の勘が戻ってきた。腕が滑《すべ》らかに上がったと思った次の瞬間、いいタイミングでボールが指を離れる。頭に思い描いていた軌道どおりに、ボールは千晃のグラブに収まった。

「よしっ」

思わず声が出た。

「ナイスボール」

陽は本格的に暮れ始め、スタート地点よりだいぶ遠くなった千晃の顔はもうよく見えない。だが、大きく口を開けて笑ったような気がした。

「俺、今、エースに褒められたよな」

その後も夢中で投げて、捕った。キャッチするときにはボールから視線を外さないこと。なるべく身体の真ん中で捕球すること。相手のグラブを意識して放ること。野球を始めたころに必死に身につけたことが、身体の奥で目を覚ます。口下手で内向的だった自分が、人と関わることを心の底から楽しいと思ったのは、少年野球の仲間とキャッチボールが続いたときが最初だった。そこから段々と、学校でも同級生に話しかけられるようになっていった。

私になにも話してくれない、と顔を歪めて叫んだ智子の姿が頭によみがえる。ああ、そうか。智子もまた、グラブを広げてボールが飛んでくるのを待っていたのかと、大悟ははっとした。息が弾む。心臓は激しく収縮し、何度も足がもつれて転びそうになった。冷たかったはずの風は、今やすっかり心地いい。

「千晃、ありがとな」

大悟は叫んだ。千晃はその人が本当に求めているものをくれる。夕闇の中で、千晃は首を横に振ったようだ。

「俺のほうこそ、今回のことでは大悟にすごく助けられたよー」

「俺は……なにもしてないよ」

ボールをグラブで受け止めて、大悟は呼吸を整える。丸山がこっちに戻ってきているらしいと同級生から聞いたとき、絶対に会いたいと強く思ったのは、中学生のときから人気者で、地域で一番の進学校に合格し、東京の難関大学を卒業して大企業に就職した彼の、落ちぶれた姿を見たかったからだ。可哀想な彼の世話を焼くことで、自分の強さを確かめようとした。結花にとってのミルキーや、昔の自分にとってのぴょんたに通じるものがあるかもしれない。いや、相手をきちんと慈《いつく》しんでいるぶん、ミルキーやぴょんたとの関係のほうが遥かに真っ当だ。

「千晃は、そんなに強くならなくていいから」

思いっきりボールを投げる。手首を返して千晃がキャッチする。だが、次の球がなかなかやってこない。グラブの中でボールを弄《もてあそ》んでいるようだ。おそらくは、大悟の脈絡ない発言に困惑しているのだろう。分かっていながら、大悟は続けた。

「誰かに対して故意に何回も暴力を振るうっていうのは、その人の中になにか解決しなきゃいけない問題があるんだと思う。される側が悪いなんてことは、絶対にない。被害者に、強いも弱いもない」

大悟の頬に小さな傷をつけたことに、明け方まで狼狽《うろた》えていた智子の震える背中を思い出す。心の傷は目に見えないぶん深刻だと言われているが、目に見える傷がもたらす衝撃は大きい。和佳はそれに臆することなく、千晃を力いっぱい何度も殴った。そう考えたときに、大悟は千晃が闘っていたものの大きさを初めて理解したような気がした。

「一時的でも、俺は千晃がこの街に帰ってきてくれてよかったよ」

ようやく飛んできたボールは大悟の頭上を越えて、茂みのほうへ転がっていった。大暴投だ。おいエース、しっかりしろよ、と、からかいながら、大悟はわざと緩やかな足取りでボールを追いかけた。

解説

瀧井朝世（フリーライター）

身体に関する悩みは、他人には打ち明けにくいものだ。病気と診断されない不調は軽んじられる可能性が高いし、メンタルの病は相手に理解されない時にさらにダメージを受けてしまう。かといって大病の場合も気軽に口にできるわけではない。容姿のコンプレックスは基本的に隠したくなるのが人間の心理だろう。

本書『彼方のアイドル』は、そうした身体の変調や変化、劣等感に直面している人たちが登場する、奥田亜希子の上手《うま》さが随所に光る短篇集である。二〇一九年に単行本が刊行された『魔法がとけたあとも』が、文庫化に合わせて改題されたものだ。

収録されるのは五篇。

「理想のいれもの」の主人公は、つわりに苦しむ志摩。

〈子どもへの愛とつわりへの憎しみを両立させてほしい。このところの志摩の願いだ。妊婦はつわりを前向きに感じなければならないと、誰もが思っている気がしてならない。しかし、吐き気は吐き気。辛いものは辛いのだ〉

という箇所には、はっとさせられる。つわりで苦しむ知人に対して、自分は前向きな言葉で励まそうとしたことはなかったか、と反省してしまう。そうした辛さと他人の無理解が主題だと思いきや、ちょっと違う展開が待っている。実家で数日間を過ごす彼女は、弟が持っているシチュエーションCDにハマっていくのだ。その弟との交流がとてもいい。志摩は、つわりに対する固定観念を嫌っていた自分自身が、弟に対する固定観念を持っていたのだと気づかされる。

「花入りのアンバー」の主人公、美鶴は手製の六年ものの梅酒を持って老舗旅館にやってくるが、酔って大浴場に行き、のぼせて倒れてしまう。気づいた時、目の前にいたのは先代の女将、翠子さん。そこから一夜の奇妙な交流が始まる。美鶴は身体についての心配を抱えており、旅館に来たのもそれが理由。途中まではそれが伏せられ、翠子さんとのやりとりで話は進む。老いてなお新しいことに挑戦する翠子さんがなんとも魅力的。ただし、人生いくつになっても新しい挑戦ができる、といった可能性が押し出されるわけではなく、むしろ人生の時間は有限であり、だからこそやれることはやっておこうと思わせる内容になっている。

「君の線、僕の点」は幼馴染みの二人の関係性にキュンとくる一篇。顔にある大きなホクロがコンプレックスの小宮山晴希は、決して社交的な性格ではないまま社会人となった。気楽に話せるのは家族と、隣に住む幼馴染みで六つ年上の七夏だ。男と別れた彼女が久々に実家に戻ってきて二人は再会。七夏は過去に瞼を二重にする手術を受けており、そこから晴希はホクロも手術で切除できるのではないかと思い立つ。短篇タイトルの意味はもうお分かりだろう。

「彼方のアイドル」は十四歳の息子を一人で育てる安藤敦子の話だ。反抗期を迎えた息子の太一には苛立つことも多く、勤務先のスーパーでは冷たい態度の同僚女性が悩みの種。そんな折、敦子は旧友からダッフルコーツの二十周年コンサートに誘われる。ダッフルコーツは男性アイドルグループで、敦子は彼らの結成当時から応援してきたが、仕事と子育てに追われたこの十年はすっかり遠ざかっていた。現在トップアイドルとなり輝く彼らと白髪とシミの増えた自分を対比して、敦子はコンサートに行くかどうか躊躇《ためら》う。個人的にこの短篇でぐっときたのは、かつて敦子が「太一は絶対にアイドルにしない」と言っていた、その理由。その時の気持ちを思い出した敦子が泣かせる。

「キャッチボール・アット・リバーサイド」は結婚して八年になる妻の智子と、幼い娘と暮らす会社員、大悟の話。不妊治療の受診を拒否したことから、二人目を強く望む智子とはぎくしゃくしているところだ。その状況を知って「ああ、男性は不妊を女性側の問題にしたがるよね」と思ってしまったが、後半に大悟には別の理由があると分かる。第一章「理想のいれもの」でステレオタイプに当てはめた解釈は人を傷つけると認識したばかりなのに、と反省することしきり。また、大悟と中学生時代の友人、千晃との交流も描かれていく。彼はつい最近、離婚して地元に戻ってきたのだ。離婚の理由は、妻からのDVである。

先述のように、単行本時の書名は『魔法がとけたあとも』だった。これは五篇に通底するものとしてつけられたものだろう。では、「魔法」とは何か。

文章を補完すると「魔法がとけたあとも人生は続く」と想像できる。シチュエーションCDで理想的な男性と過ごす時間、恋人と未来があると信じていた期間や旅館での意外な一夜、アイドルに夢中だった時期、母と息子あるいは夫婦の蜜月期間……などといった、何かしら素敵なものを享受していた時間を「魔法」と表現していると考えられる。確かに本書は、そうした夢のような時期を過ぎた人たちがその先どう生きるか、という内容になっている。また、「魔法」はポジティブなものとは限らない。童話だって、カエルになったり野獣になったりずっと眠り続けたり、人間になる代わりに声を失ってしまったりと、意地悪な魔女に呪いのような魔法をかけられる話が多いではないか。本書でいう魔法とは、固定観念や偏見やコンプレックス、その他のネガティブな感情といった、自分を縛り付け不自由にしているものを指しているともとらえられる。そして、そうした呪縛から解放されていく人たちの話だとも受け取れるのだ。

いい意味でも芳しくない意味でも、ある種の魔法がとけたあと、主人公たちは何を感じ、どう行動するのか。主人公たちの属性や描かれるシチュエージョンは毎回まったく異なっている。しかも、どれも予測できてしまうようなストレートな展開とはなっていない。それぞれのキャラクターや置かれた環境をしっかり肉付けし、短いページのなかで複数の要素を絡み合わせ、いろんな角度からの発見や気づきをちりばめていく。そうして、どこかしらに読者を共感させるポイントを作るのが上手い。

奥田は二〇一三年に第三十七回すばる文学賞を『左目に映る星』(『アナザープラネット』を改題)で受賞して以来、精力的に作品を発表している。すばる文学賞出身というと一般的には純文学作家というイメージがあるが、彼女の場合はデビュー前からジャンルを絞ることはせず、書きたいものを書いてきた印象だ。実際、新人賞に投稿していた頃は、純文学の賞にもエンターテインメントの賞にも応募していたそうだ。デビュー後もさまざまな切り口の作品を発表しているが、共通点は、現代に生きる人間たちの悩みや違和感、気づきを掬《すく》いあげていく点である。そして本書を読めば分かる通り、どれも爽やかで優しい余韻を残してくれている。といっても気軽に読めるふんわりした作品を書いているわけではなく(そうした小説が悪いという意味ではない)、果敢にモチーフを開拓している。たとえば短篇集『ファミリー・レス』(角川文庫)では生まれ育った時から一緒の家族ではなく、義理の家族や両親が離婚した後の家族など、ご本人いわく〝後天的家族〟を何パターンも登場させている。『青春のジョーカー』(集英社文庫)では男子中学生の性欲をメインテーマにして、自分とはまったく異なる人間の思春期の不安定な欲望を丁寧に掬いあげ、『愛の色いろ』（中央公論新社）ではポリアモリーという、複数の人間を同時に誠実に愛するライフスタイルを送る人々が同居するシェアハウスを舞台にし、恋愛感情とは何かという問いを投げかけている。

彼女が常にテーマにしているのは、社会のなかで多くの人が疑問を持たずに受け入れている、「らしさ」からの脱却なのではないか。男らしさや女らしさはもちろん、家族はこうでなきゃおかしい、恋愛はこうであるべきだ、人生とはこういうものだといった言説は、今もなおさまざまな場所で見聞きする。私たちは無意識のうちに、そうした、その社会、その時代の価値観や人生観、恋愛観、家族観を刷り込まれて生きている。それに対してやんわりと、こんな可能性もあるのではないか、こんな生き方もいいのではないか、そんなことにとらわれなくてもいいのではないか、と、直接的にでも間接的にでも訴えかけてくるのが奥田作品なのだ。彼女の小説を読んでいると、特別に癒される場面がなくてもなぜか気づけば心が楽になっているのは、いつの間にか自分の中で凝り固まっていた何かがほぐされているからだろう。心地良いマッサージ効果のある小説、それが奥田作品だ。

本書は二〇一九年五月に小社より刊行された『魔法がとけたあとも』を改題し、文庫化したものです。

双葉文庫

お-43-01

彼方《かなた》のアイドル

2022年1月16日　第1刷発行

【著者】
奥田亜希子《おくだあきこ》

【発行者】
箕浦克史
【発行所】
株式会社双葉社
〒162-8540 東京都新宿区東五軒町3番28号
［電話］03-5261-4818(営業部)　03-5261-4831(編集部)
www.futabasha.co.jp（双葉社の書籍・コミックが買えます）
【印刷所】
大日本印刷株式会社
【製本所】
大日本印刷株式会社
【カバー印刷】
株式会社久栄社
【DTP】
株式会社ビーワークス

【フォーマット・デザイン】
日下潤一

ISBN978-4-575-52531-1 C0193
Printed in Japan

双葉文庫　好評既刊

編集ども集まれ！

藤野千夜

一九八五年、一夫は大学卒業後、漫画編集者として働き始めた。のちにスカートを穿いて出社するようになると、会社から解雇を言い渡される。でも、そばにはいつも愛する漫画があった——。芥川賞作家の自伝的長編小説。

双葉文庫　好評既刊

人生のピース

朝比奈あすか

プライド、ステイタス、メリットｅｔｃ．……。婚活って、どうしてこんなに自分をあぶりだすのだろう。揺れうごく心と向き合いながら、人生を選びとってゆく三十代女子への温かなエール小説。

双葉文庫　好評既刊

花電車の街で

麻宮ゆり子

高度経済成長が始まった昭和三十年代。中学生の碧は、名古屋の繁華街・大須で暮らしている。何でもありの「ごった煮の街」と、情に厚い個性的な面々。街の移ろいや大人たちとの交流を通して描く、瑞々しい成長物語。

双葉文庫